口づけの気持ちよさに酔って、理性が音を立てて崩れはじめる。いけないとわかっていても、どうしても流される気持ちをひきとめられない。

マルタイ ―ＳＰの恋人《こいびと》―

妃川《ひめかわ》 螢《ほたる》

ILLUSTRATION：亜樹良《あきら》のりかず

マルタイ ―SPの恋人―

LYNX ROMANCE

CONTENTS

マルタイ
―SPの恋人―

プロローグ

夜空を彩る火の競演は、この季節、日本の風物詩といえる。

日本人の目にも華やかなもの、日本文化に焦《こ》がれる外国人観光客の目にはなおのこと。

――わ…ぁ……。

母とともにはじめて日本を訪れた金髪緑眼の少年は、夜空に打ち上がる尺玉の迫力と美しさに魅入られた。

「日本の花火は素晴らしいわね」

金髪を結いあげ、日本の浴衣《ゆかた》という民族衣装を身につけた母が、感嘆の声を零《こぼ》した。

少年も、藍染の浴衣を着せられている。ちょっと動きにくいけれど、嫌いじゃない。不思議の国の住人になったようで、なんだかワクワクする。

夜空に、一際《ひときわ》大きな赤い牡丹《ぼたん》の花が描かれる。その下で、仕掛け花火が光の渦のように弾けた。

「すごーい！　きれいだね、ママ」

少年は歓喜の声を上げて、夜空に見入る。

「花火師《Pirotecnico》さんが腕を競っているのですって。本当に綺麗《きれい》ね」

「はなびし……？」

Pirotecnicoは、日本語で「花火師」と書くのだと、母が教えてくれた。

少年の心に、強い憧《あこが》れが生まれた瞬間だった。


さすがに一国の首相の来訪とあって、パーティも派手なら、警備体制も尋常ではない。極東の島国ながら、世界経済を左右する力を持つ先進国の首脳とあらば、それもいたしかたない。

迎える側の国の首相を父に持つ立場として、招かれたパーティの末席を汚しながら、壁の花でありつづける。

意識的に気配を消すのは、面倒ごとを避けるためだ。

招かれざる客であることは当人が一番よくわかっている。だったら無視してくれればいいのに、父は毎度招待状を送って寄こす。

ずいぶん前に名字が変わっても、一応は息子だと思うのか、それとも世間体が気になるのか――多分に後者だろうが、公の場に異母妹ともども呼び出されるものの、期待される役目を果たしたことはない。

マスコミが注目するのは異母妹のほうで、自分にカメラを向けるのは、ゴシップ好きなパパラッチくらいのものだ。

そろそろだろうかと、時間を確認して、シャンパングラスを手に、バルコニーに出る。

面倒なパーティにわざわざ足を運んできたのには理由があった。

「おお……！」と、どこからともなく上がるため息。ドーンッ！　と低い音とともに夜空に上がる炎の芸術――花火。

「綺麗だな……」

けれど、幼いころに日本で見た大玉の花火とは比べようもない。日本の花火は、まさに芸術品だった。

「ほほう。イタリアで花火が見られるとは思いませんでした」

聞いた記憶のある声がして、そちらへ目を向けた。

隣のバルコニーに姿を現したのは、父と、父が招待した日本の首相だった。日本から連れてきたのだろう、数人のＳＰに守られている。

「いかがです？　日本の花火に負けずとも劣らずと、自負しております」

父は、自分に気づくこともなく、首脳対談に夢中になっているようだが、日本人ＳＰのひとりが、こちらにチラリと視線を寄こした。

地味な風貌がよしとされるＳＰのなかで、妙に目立つ男だと思った。精悍《せいかん》な面差しに、日本人離れした体軀《たいく》は、イタリア警察のSPと並んでも遜色《そんしょく》ないだろう。

一瞬、目が合ったものの、不自然にならないように逸《そ》らして、また夜空に目を向ける。不審者認定されても困る。こちらは、花火を楽しむつもりしかないのだから。

「日本の花火と比べようなんて、おこがましいっての」

父の自慢げな声が耳に残って、シャンパンを呷《あお》りながら苦く零す。

幼い日の記憶に残る日本の花火は、もっと壮麗で、もっと華やかで、もっと迫力があった。花火師の生きざますら、そこに映し出されているかのようだった。

それを〝粋《いき》〟と表現するのだと、教えてくれたのは亡き母だった。

「日本、か……」

あのSPなら、浴衣も似合って、花火見物の風景にも溶け込めるのだろう。けれど自分は、どれほど日本文化に焦がれても、金髪に緑の瞳の、所詮は異邦人だ。

手の届かぬものは、焦がれるほどに美しい。夜空に打ち上がる、花火のように。

1

警視庁警備部警護課――通称ＳＰと呼ばれる、要人警護専従警察官が所属する部署は、内閣総理大臣担当、国務大臣担当、外国要人・機動警護担当、東京都知事・政党要人担当の、第一から第四の四つの係に分けられる。

室塚周佑《むろづかしゅうすけ》は、第三係に所属する、外国要人警護担当ＳＰだ。

スーツの襟元《えりもと》に戴《いただ》くＳＰバッジは、正確には警視庁警護員記章という。身長一七三センチ以上、拳銃射撃上級、柔剣道三段以上と明記されるＳＰ規定をクリアした上で、過酷な訓練を乗り越えた者だけが身につけることを許される。

文字通り人間の楯《たて》として、ときとして己の身を犠牲にすることを求められる、動く壁。

機動隊勤務を経て、推薦を受けてＳＰに抜擢《ばってき》され、以降ずっと警備畑を歩んでいる。

以前は内閣総理大臣担当ＳＰだった。その後、昇進にともなって異動になり、今現在は三係の班長を務めている。

近接保護と呼ばれる、警護対象者の傍《そば》近くで警護にあたる任務もあれば、警護対象者の立ち寄り先に先回りして検索洗浄を行い安全を確保する、アドバンスと呼ばれる役割を担う場合もある。

警護任務はチームで行う。ひとりの技能が突出していればいいというものではない。警護活動を滞りなく行うのは、チームを運用する班長の腕如何《いかん》ともいえる。

「面倒な任務が立てつづいて申し訳ないが、よろしく頼む」

警護対象者《マルタイ》の資料をデスクに滑らせ、上司はいつもの穏やかな口調で言った。

絶対的な上意下達《じょういかたつ》の指揮命令系統を持つのが警察組織だ。ゆえに、命令に否を唱えることなどできるはずもなく、どんな理不尽な任務であろうとも命じられれば従うよりほかない。

だが、それではいまどきの若者はついてこない現実がある。若い警察官だけではない。経験を重ねた者でも、あまりに理不尽がつづけば不満を募らせるようになる。

そうした精神面のケアができるか否かも、上に立つ者の資質だが、飴《あめ》と鞭《むち》を使い分ける気遣いも、室塚に限っては不要だった。

「いえ、命令とあらば」

朴訥《ぼくとつ》と任務に邁進《まいしん》するのが室塚のやり方だ。

不器用と言われても、三十路《みそじ》をいくつも過ぎたような歳になれば、もはや自分のやり方は変えようがない。

「マルタイは一国の首相のご子息だ。前妻の子とはいえ、嫡子《ちゃくし》は嫡子、失礼のないように」

「心得ております」

室塚の返答に満足げに頷《うなず》いて、上司は身を乗り出した。少し声を潜める。

「それから、非公式とはいえ、微妙な時期の来日の理由がしれん。一応は注意してくれ」

含みの多い言い回しだが、外国要人担当SPなら、皆まで言われずともわかる。

「スパイ容疑が？」

意外だろうが、有名人に各国諜報組織の息がかかっているのはよくあることだ。演奏家などのように世界中を飛び回っていても不思議のない職業のほうが、諜報《ちょうほう》活動がしやすいというのがもっぱらの理由だ。だが、今回のマルタイには、そうした経歴はないはず。

「公安の外事《がいじ》は動いているだろうが、過去に特別そういった容疑はない。念のためのお目付け役だ」

なんといっても首相の息子だからな…との言葉に頷いて、室塚は「かしこまりました」と、自分にだけ追加された任務を承諾した。

資料ファイルを受け取り、一礼をして下がる。

デスクに戻ると、部下が起立で室塚を出迎えた。

「任務ですか？」

「イタリア現首相のご子息が、お忍びで来日される」

部下の問いに、無駄をいっさい省いて答える。いつものことだから、部下も室塚に合わせて話を進める。

「バッサーニ首相ですか？　ご子息というと、前妻との間の？」

先に声をかけてきたのとは別のひとりが素早く応じる。

さすがに要人担当SPだけあって、主要国要人のデータは、改めて情報を提供されるまでもなく、頭に入っている。

「アナスタシア・デュラン、プロフィールは資料にあるが、こちらのほうがわかりやすいかもしれないな」

そんな言葉とともに、タブレット端末をサッと操作して室塚が部下に見せたのは、イタリアのさるファッションブランドのオフィシャルサイトで公開されている企業イメージ広告映像だった。

「今期のイメージモデルでしたよね。ショーでキャットウォークを歩いてるのも見ました」

あまりピンとこない顔でディスプレイを覗き込む男性SPの一方で、打てば響くようにそんな言葉を返してきたのは、部下のなかで紅一点の女性SP――州嘉《すが》だった。

「モデルだったのか？」

室塚がまわした資料をめくりながら、「職業欄、空欄だけど？」と、また別のひとりが首を傾《かし》げる。

「そうじゃないけど、自国の首相の息子でこのビジュアルだもの、企業がイメージモデルにって考えても不思議はないわ」

トップモデルと並んでも遜色ないだろう長身と、同じ重力下に生きているとは思えない腰の位置の高さ、スレンダーな肢体に無駄な贅肉《ぜいにく》はいっさいない。

身長は自分と変わらないくらいだが、等身は比べようもないだろうな…と、ディスプレイに映し出される映像に目を落として、室塚もひそかに感嘆を零した。

蜂蜜色の濃い金髪に、エメラルドグリーンの瞳、ラテン系の濃い顔立ちとは一線を画する貴公子然とした甘いマスクは、日本でも好まれるに違いない。

内閣総理大臣担当SPだった数年前、バッサーニ首相主催のパーティ会場で見かけたときも、たしかに目立っていた。

「大学は物理学専攻……一流どころじゃないか。なのに、大学院まで出て、研究職につくでもなく、スキャンダラスな話題ばっかり提供してるのか」

首相の息子という看板もあってか、何度かマスコミの餌食になっている。スキャンダルの相手が有名なハリウッド女優やモデルばかりだから、余計に目立つのだ。

「おぼっちゃまなのよ」

「血だろ？」

父親であるバッサーニ首相も、その手の話題に事欠かない人物だ。ファーストレディの存在がありながら、若い秘書やコンパニオンとの関係を、何度もパパラッチに捉《とら》えられている。

それでもリコールされるでもなく、選挙になれば他を寄せ付けない人気で再当選するのだから、ラテン系のお国柄というかなんというか、日本人には理解しがたい価値観だ。

「顔は似てないよな」

「母親似なんじゃないかしら。たしか元女優よ」

見る者を魅了してやまないだろう飛び抜けた容貌と、その気になれば学者として身を立てられただろう頭脳を持ちながら、生まれた環境ゆえに色眼鏡で見られるのも、不本意には違いない。

「先入観で人物をはかるのはやめろ。何者であろうが、マルタイはマルタイだ」

室塚の苦言に、噂話に興じていた一同が、サッと背筋を伸ばして敬礼を返す。

「はっ！」

「失礼しました！」

必要な情報を頭に叩き込むように言い、担当割と装備の確認をする。

「特別な危険の存在は報告されていないが、イタリアは選挙を控えて微妙な時期だ。なにがあるかわからない。気を引き締めて警護にあたってくれ」

「了解！」

拳銃に特殊警棒、袖口に仕込んだマイクとイヤホンがSPの基本装備だ。

殺人事件を扱う捜査一課の刑事でも、特別な危険が想定されない限り、拳銃を携帯することはない。

だがSPは、常に拳銃を携帯している。

鋼の凶器を手にするたび、マルタイと、そして己の命の重みを胸に刻む。

自分の命も守れないような人間に、ひとの命を守れるはずがない。それが室塚の信条だ。

さらに今の自分は、部下の命も守らなければならない立場にある。

面倒だとは思わない。室塚は、警察官としての自分にも、SPの職務にも、誇りを持っている。

誇張でもなんでもなく、彼のまわりだけ後光が射して見えたほどに、その整った容貌は際だっていた。

空港に降り立った警護対象に、顔には出さずともＳＰ一同が息を呑んだのは間違いのない事実で、数年前に一度、遠目にその姿を目にしているはずの室塚も、例外ではなかった。

「ようこそ、Signor Duran」

出迎えた大使館員が、大仰な身振りでいかにも親しげに言う。

「こんにちは。よろしく」

ひとを魅了する笑みで返して、今回の警護対象《マルタイ》、アナスタシア・デュランは、サッと周囲に視線を走らせた。

意外と警戒心が強いな…というのが、室塚の第一印象だった。

「こちらは、今回警護についていただく、日本警察のＳＰの皆さんです」

紹介を受けて室塚が進み出る。

正面に立つと、目線の位置はほぼ同じだが、鍛《きた》え上げた体躯の室塚とは対照的に、マルタイはしなやかな印象だった。

「室塚と申します」

念のため身分証を提示して、確認を促す。

それにチラリと視線を落としただけで、透明度の高いエメラルドの瞳は、またすぐに室塚を映した。

そして、金細工のような睫毛《まつげ》を瞬く。

「総理大臣担当じゃなかったの?」

まさか覚えられているとは思わず、らしくなく目を瞠《みは》ってしまった。

「会ったでしょ。何年か前に、イタリアで」

一瞬、返答に窮した室塚に、アナスタシアはさも当然のように言う。

「はい。ですが……」

あれは会ったとは言わない。姿を見かけたと言うほうが正しいだろう。ほんの一瞬の邂逅《かいこう》でしかなかった。

「こんなに目立つSPいないからね。モデル事務所紹介しようか?」

指の長い綺麗な手を伸ばしてきたと思ったら、室塚のネクタイを直しながら、冗談にもならないことを言う。

「いえ、自分は……」

思わず生真面目に返そうとして、エメラルドの瞳が笑っていることに気づいた。

「よろしく、シュースケ」

艶《あで》やかに微笑《ほほえ》んで、手を差し出してくる。

身分証を開いて見せたとはいえ、下の名前まで確認しているとは思わなかった。

「よろしく――」

皆まで言う前に、頰《ほお》――限りなく唇に近い位置で、ちゅっと軽い音がしていた。

不意打ちのキス以上に、懐に入られた、その事実に室塚は目を瞠る。なるほどやはり、スキャンダラスに噂される限りの人物ではないようだ。

「無反応？　つまんないね」

間近に迫るエメラルドの瞳が、悪戯《いたずら》な光を宿している。セレブの奔放さにいちいち目くじらを立てていては、要人警護など務まらない。とくに海外要人は。

「申し訳ありません。冗談に即応するスキルを持ち合わせておりませんので」

生真面目に返すと、緑眼がきょとりと見開かれ、それから「ハッ」と噴き出す。それこそ、冗談を言ったつもりはなかったのだが……。

「こんな面白い人だとは思わなかったよ」

日本滞在が楽しくなりそうだと笑って、他の面々にも「よろしく」と笑みを向ける。紅一点にはウインクつきで。――が、彼女は無反応だった。おおかた今ごろ胸中では、「なに、このチャライ男！」とでも毒づいていることだろう。彼女は、そういうタイプだ。

「では、Signor Duran、こちらへ――」

SP

「アナでいいよ。ボクもシュースケって呼ばせてもらうから」

「そういうわけには――」

スッと、白い指が唇にあてられた。それ以上は聞きたくないと言うように。

「臨機応変。――って、日本では言うんじゃなかった？」

まったくクセのないイントネーションで難しい四字熟語を口にして、どこか挑発的な笑みを口許《くちもと》に刻む。神々しいまでに浮き世離れした二枚目がしてみせるそんな表情は実に絵になって、室塚は思わず瞳を瞬いた。

ここは引いておくのが得策だろう。そう判断して、サッと一歩下がる。

「お車へご案内させていただきます」

アナスタシアの希望に、あえて「ＹＥＳ」とも「ＮＯ」とも返さず、話を進める。しょうがないなと言わんばかりに肩を竦《すく》めて、彼は大使館員のあとにつづいた。

「マルタイ、移動開始」

『了解』

無線に班員からの応《いら》え。今、近接警護にあたっているのは室塚と紅一点の州嘉だが、車両や各ポイントに、人員が配されている。

ＳＰに張りつかれることにも、ひとに傅《かしず》かれることにも慣れているのだろう、車に乗り込むときも、乗り込んでからも、アナスタシアの言動には躊躇《ちゅうちょ》も困惑もない。

単に金持ちのおぼっちゃまというだけではない、身に危険の降りかかる可能性を排除しきれない環境で育っていることが、室塚の目には明らかだった。

果たして警護しやすいのか、しにくいのか……。警護されることに慣れた人間は、こちらの意図を察することが可能な一方で、危険を軽視しやすい。

とくに今回のように、なにがしかの危険――たとえば脅迫文が届いている等――が予測される上での警護ではなく、日常的に行われる警護活動については、心配しているのは周囲ばかりで、当人はまるで気にしていないことも多いのだ。

「ひとまずホテルに向かいます。部屋をご確認いただいたのち、スケジュールについてご希望があればおうかがいします」

警護責任者として、マルタイとは意志の疎通をはかっておかなければならない。公務ではなくお忍びでの来日とあれば、なにかしらやりたいことがあるはずだ。

先に提出されたスケジュール表には、スカイツリーやショッピングモール、寺社仏閣や温泉地など、ツアー客が足を向けそうなありきたりの観光地名が並んでいるだけで、そこに統一性はないように見受けられた。

「ねぇ、お腹すいたな。美味《おい》しいお蕎麦《そば》が食べたい」

空港を出ていくらも走らないうちに、アナスタシアがそんなことを言い出した。

困った顔の大使館員が、救いを求めるように室塚にチラリと視線を寄こす。こういう対処は大使館員の仕事のはずなのだが……と思いつつ、室塚は口を開いた。

「まずはホテルに向かわせてください。食事はそれからにいたしましょう」

「そう言って、ホテルのルームサービスかい？　飽き飽きだよ」

ウンザリしたように言って、不服げにシートに背を沈ませる。拗《す》ねたように頬を膨らませた表情は、まるで十代の少年のようだ。二十代の半ばを過ぎても、まだまだ子どもということか……と、室塚は自然と口許を綻ばせた。

「自分が責任をもって、ご満足いただける蕎麦屋にご案内いたします」

警察などに身を置いていると、昼食は素早く出てきてサッと食べ終えられて腹持ちのいいもの、という条件での選択になる。蕎麦や丼ものはその筆頭だ。

とはいえ、ゲン担ぎをする刑事部の捜査員たちは、蕎麦やうどんといった麺類は、捜査が長引くとして敬遠しているようだが。

室塚の返答に満足したのか、アナスタシアはニコリと笑みを寄こして、「そういう顔もするんだね」と意味不明なひと言。

「……？」

室塚が怪訝《けげん》な眼差《まなざ》しを向ける前に、視線を車窓に移してしまった。

長い足を持て余し気味に組んで、頬杖をつき、車窓を眺める。それだけのことなのに、まったく隙なく絵になる。横顔まで完璧に美しい。神が気まぐれを起こしたとしか思えない造作がこの世に存在することに、室塚は改めて胸中で感嘆を零した。

VIP客のセキュリティ対策に力を入れている都心のラグジュアリーホテルの最上級のスイートルームには、先にアドバンス部隊の検索と洗浄が入り、すでに安全が確保されている。

こういう仕事でもしていない限り、一生足を踏み入れることはないだろう、一泊でサラリーマンの数カ月分の給料がとぶ豪奢な客室だが、寛《くつろ》げるかと言われるととても頷けるものではない――というのは、庶民の感覚なのだろう。

さすがにセレブ育ちのアナスタシアは慣れたもので、革張りのソファに優雅に腰を下ろすと、随行の大使館員に「なにか飲ませて」と気安く言う。

「コーヒーでよろしいでしょうか」

「水でいいよ。ホテルのコーヒーは美味しくない」

滞在中は自分で淹《い》れるから、エスプレッソメーカーを部屋に入れてくれるようにと言って、さらには水の銘柄も指定した。

そういった情報を先に仕入れておかなかったのか、大使館員はあたふたとしている。

VIPの接待をするからには、一度くらい民間企業でサービス業のなんたるかを学んでくるべきだろう。とはいえ、海外に出れば飲食店であってもサービスの概念など期待のしようもないが。

「滞在期間中のスケジュールについての確認を――」

「それ、食べながらにしない？」

美味しい蕎麦屋に連れてってくれるって言ったよね？　と、愛飲のミネラルウォーターのペットボトルを口に運びながら言う。そんな飲み方をしていても、品がいい。

「安全が確保されるのをお待ちください」

アドバンス部隊に、該当の店の予約と検索洗浄を指示する。

「店主に俺の名前を出してくれ。対応してくれるはずだ」

『了解』

何軒か、融通を利かせてくれる店のアテがある。海外からの要人は日本食を望む場合も多いし、それが突然のこともままある。事前にスケジューリングされている場合は、大使館や外務省が対処するが、突然となると警護課で対処しなくてはならないこともある。

「警護しやすい店ってこと？」

「味も保証します。でなければ、ご紹介しません」

皮肉った言い方をするアナスタシアに、自分たちの都合のいい店につれていくわけではないと返すと、長い睫毛を数度瞬いたあと、彼は「ありがとう」と微笑んだ。

こういった素直さは、おぼっちゃま育ちゆえか。綺麗な笑みは、向けられて悪い気はしない。

「十割蕎麦が自慢の店ですが、よろしいですか？」

十割蕎麦は、喉越しがいまいちだから好きではないと言う人もいる。逆に、蕎麦粉百パーセントでなければ蕎麦を食べる意味がないと言う人もいる。

「じゅうわり蕎麦？」

「蕎麦粉百パーセントということです」

「普通の蕎麦と違うの？」

興味深そうに尋《たず》ねるアナスタシアに、室塚は蕎麦の基本を説明した。

「多くの場合、小麦粉がブレンドされています。蕎麦粉百パーセントの蕎麦は、打つのが難しいんです」

「へぇ……」

感心したように頷いて、「シュースケのおススメならなんでもいいよ」と返してくる。そして、腰を上げた。

「着替えてくるから、待ってて」

シャワーも浴びたいし……と言うのは、随行員を待たせておけばいいという意味ではなく、店の検索洗浄にそれなりに時間がかかることを知っているがゆえだろう。

アナスタシアの再登場を待つ間に、今後のスケジュールについて各部署と意志の疎通をはかり、警護体制を整える。海外要人の警護に慣れた面々は、急な事態にも即応してみせる。それに満足して、室塚は大きな窓から一望できる首都のビル群に視線を落とした。

美しいが、室塚にとっては、上から眺めたい景色ではない。


薄手のシャツにジャケットというシンプルな恰好であっても、着る人が違えばこうも見栄えするものか。

そんな感想が自分ひとりのものではないことは、蕎麦屋の頑固オヤジまでもが、思わず…といった様子で見惚《みと》れていることからもわかる。

「室《ムロ》さん、なんかすごい綺麗な兄ちゃんだねぇ」などと、耳打ちして、蕎麦打ちに戻っていく。仲居の女性のなかには、店主いわく「綺麗な兄ちゃん」がアナスタシア・デュランであることに気づいた様子の人間もいたが、かしましくするようなことはなかった。店主からうるさく言われているのだろう。そうでなくても、SPが周囲を固めていれば、近寄ろうにも近寄れない。

ホテルを出るときに、アナスタシア自身が大使館員の随行を断ったために、店には彼とSPのみの訪問となった。個室だから、ほかの客の迷惑になるようなことは、ないとは言いきれないが極力避けることは可能だ。

大使館員が一緒のほうが、食事の相手があっていいだろうと思っていたのだが、ひとりのほうが気楽なのかもしれない。

そんなことを考えていたら、アナスタシアが室塚に卓の向かいを勧めた。

「いえ、自分は……」

「いいじゃない。お昼まだでしょ？　一緒に食べようよ」

「我々は――」

「わかってるよ。でも、これがボクのやり方。マルタイのワガママは極力きくようにって、言われなかった？」

「……」

ああ言えばこう言う……と言ってしまえば聞こえは悪いが、ぽんぽんと言葉を返してくる、頭の回転の早さには脱帽だ。

「ほかのみんなにも食べてもらって」

自分のおごりだから、好きなものをオーダーしていいよ、と言う。

ここで、休憩は交代で随時とらせてもらいますから……と、返したところで「わかっている」と一蹴されるのがオチだろう。

ＳＰのなかには、警護任務中は食事はおろか水分も極力とらないように心がけている者も多い。そのあたりは個人の裁量で、室塚が細かい指示を出すことはない。各々の体質もあるし、性別によっても事情が違ってくるからだ。

やはりどうやら、彼は警護の存在を軽視しているようだ。

イタリアでも、外出のたびにボディガードがついてくる生活をしているのだろうから、ウンザリするのもわかるし、なにも起きやしないと高《たか》を括《くく》ってしまうのも、わからなくはない。

それでもこちらは、外交的に重要な人物を迎えている側だ。気を抜くことはできない。

「食事のお相手でしたら、女性のほうがよろしいのでは？」

廊下で警護にあたっている紅一点を呼び入れようとすると、「それ、セクハラって言われない？」と、冗談めかして返してくる。

「ボクはシュースケを誘ったんだけど」

そう言われてしかたなく、警護員たちには可能であれば交代で休憩をとるように言い、自分はアナスタシアの向かいに腰を下ろした。

「なにがおススメ？」

お品書きをめくって、楽しそうに尋ねてくる。

蕎麦懐石やランチコースを勧めるべきかとも思ったが、自分のお勧めを訊《き》かれたのだからと、室塚は素直に応えた。

「盛り蕎麦が一番、蕎麦の香りを楽しむことができます」

「じゃあ、天麩羅《てんぷら》のついたやつ」

注文をとりにきた仲居に、ざる天蕎麦と盛り蕎麦を頼んで、お茶のお代わりをもらう。それとも、アナスタシアにはミネラルウォーターのほうがよかっただろうか。

すると、信楽焼《しがらきやき》の湯呑《の》みを物珍しげに眺めていたアナスタシアが、唐突な質問を寄こした。

「どうして総理大臣担当から海外要人担当に変わったの？」

警護官が異動で変更になることなど珍しくないだろうに。それともイタリアでは、ずっと同じ人間が警護の任についているのだろうか。

「昇進にともなって異動になりました」

隠すようなことでもないので、話題の足しになればと思い、事実を返す。「ふうん」と、納得したのかしないのかわからない反応を見せたアナスタシアは、まるで幼い子どもが「なんで？」「どうして？」と繰り返すように、質問を並べはじめた。

「どうして警察官になろうと思ったの？」

「……自分に向いている職業がほかに見あたらなかったものですから」

「SPになったのは自分の希望？」

「推薦をいただきましたので」

口下手な自分にサービス業や営業職などできるわけもなかったし、人並み外れた体軀を活《い》かせる場所は、スポーツ選手にでもならない限りは、警察か自衛隊くらいしか思いつかなかった。

同じ警備部の機動隊勤務時代に、大勢を守るより、ひとりの警護対象を守るほうが合っていると感じてSPを希望したのは事実だが、上司の推薦がなければ専門の訓練を受けることはできない。

あたりさわりのない質問には、順当に答えていた室塚だったが、次いで投げられた質問には、さすがに詰まった。

「結婚は？」

「……」

思わず黙すと、向かいから興味深げに注がれるエメラルドの眼差し。

仕事にプライベートを持ち込む気はない。ゆえに同僚とも、あまり踏み込んだ会話をしないのが室塚のやり方だ。

だが、つづく言葉には、別の意味で眉間に皺《しわ》を寄せることとなった。

「前に会ったときはしてたでしょ」

卓の向かいから、室塚の左薬指をちょんちょんっとつついて、「いまはしてないんだね」と言う。

前に会ったといっても、距離があった。あのパーティが行われていた館のバルコニーは独立型になっていて、隣のバルコニーとは離れていたはずだ。

「目がいいんですね」

お世辞でもなんでもなく、本当に驚いた。

単に視力がいいという意味ではなく、その観察眼に。

「大学院にいる間にだいぶ落ちたよ」

パソコンとにらめっこだったから…と肩を竦めてみせる。

「物理学をご専攻だったとおうかがいしましたが」

物理学のゼミや研究室がどんなことをしているのか、幅広いがゆえに、同じ理系でもスポーツ工学出身の室塚には、よくわからなかった。

専門的な話題であっても、アナスタシアが気分よくしゃべってくれるぶんには聞き役に徹していればいいと思って話題を振ったのだが、当人はあまり気乗りしない様子で、「日本の大学に留学すればよかったなぁ……」などと呟く。

――……?

イタリアでも屈指の一流大学卒のはずだが、日本の大学に学びたい教授でもいたのだろうか。それとも単純に日本に興味があるという意味だろうか。そのあたりが、今回の来日の理由になっているのかもしれない。

空になった湯呑みを手のなかでころがしていたアナスタシアが、茶を注ごうとする室塚の手を制して、興味深そうに急須を手にする。

「花火、見たことある?」

こぽこぽと焙《ほう》じ茶を注ぎながら寄こされた質問には、今度こそ怪訝さを隠すこともできず、室塚は瞳を瞬いた。

「……ええ」

日本人で見たことのない人間のほうが希有《けう》だろう。夏になればあちこちの河原や海縁で花火大会が行われる。花火師の技術を競う大会なども開かれる。

花火大会だけは、都心も地方も関係なく、渋滞や人出との戦いだ。機動隊勤務時代に、室塚も警戒任務にあたったことがあるが、見物客の波に押しつぶされそうだった。

昨今ではとんちのきいた声かけで上手《うま》く見物客を誘導する術に長《た》けた機動隊員に注目が集まったりもするが、朴訥としていて言葉少なな室塚には絶対にできない役割だった。

「日本には、美しいものがたくさんあるね」

それがなにか？　と問うこともできないでいると、アナスタシアはどこかに思いを馳《は》せるかに頬杖をついて、美しい緑眼を細める。

そういえば、イタリアでのあのパーティの夜も、たしか花火が上がっていた。

もしかして彼はあのとき、グラスを片手にただ涼んでいたわけではなく、花火を見ていたのだろうか。

日本の花火に比べれば見劣りするが、それでも充分に美しい花火だった。日本で花火といえば夏の風物詩だが、ヨーロッパではニューイヤーを祝って打ち上げられる場合が多い。とりわけ日本だけのもの、というわけでもないように思うのだが……。

「日本の技術は世界に誇るものだと思うけど、伝統文化はそれ以上に素晴らしい。欧米にはない繊細さがある」

それは事実だろう。

日本人の細やかさは、先端技術やサービス面のみならず、伝統文化にも活かされている。

「イタリアにも素晴らしい歴史や文化があると思いますが……」

なんといっても世界遺産登録件数では群を抜いている国だ。

「まぁ……ね、でも……」

少し考えるそぶりを見せて、そして言葉を継ぐ。

「ボクは日本が好きだよ」

社交辞令ではないと、はっきりわかる口調だった。

何か理由があるのだろうかと、室塚が珍しくマルタイのプライベートに興味を持ったところで、

「失礼します」と襖《ふすま》の向こうから声がかかる。

「お待たせいたしました」

仲居が盆を運んできたのだ。揚げたての天麩羅の香ばしい匂いがする。

山高に美しく盛られた天麩羅の皿と盛り蕎麦が給仕されて、アナスタシアが目を輝かせる。

どこで習ったのか、ちゃんと手を合わせ「いただきます」と日本語で言って、箸《はし》を割る。蕎麦の風味を味わおうというのか、はじめは蕎麦つゆをつけずに、蕎麦だけを口に運んだ。

どこかの食通が、こういう食べ方を教えたのかもしれない。

「うん、美味しい！」

それから、蕎麦つゆに薬味を入れずに啜《すす》って、また頷く。そのあとでようやくワサビを少し溶き入

れた。

アナスタシアの満足げな様子を確認して、室塚も箸をとる。

蕎麦つゆにたっぷりのワサビを溶いて、休日ならほかの薬味も遠慮なく加えるところだが、ネギなど匂いの残るものは避けることにする。

店主自慢の蕎麦粉で打つ十割蕎麦は、今日も納得の風味と喉越しだった。

あまり食べると身体の動きのみならず感覚神経も鈍くなる。五感の鋭敏さというのは、空腹なときのほうが鋭く働くものだ。かといって、空きっ腹でも底力が出ない。

美しく衣の花の咲いた海老《えび》天をつまみ上げて、アナスタシアが満足げに口元をゆるめる。ひと口かじって、また大きく頷いた。

美味しそうに食べる姿を見ているのはいいものだ。

これもセレブ必携のマナーなのか、昨今の日本人以上に綺麗な箸使いなのも、見ていて心地好《よ》い理由かもしれない。

「天麩羅、どうぞ」

鱚《きす》や茄子《なす》、大葉の天麩羅の残った皿を示して、よかったらどうぞと言う。アナスタシアの目には、この感動を共有したいという希望が見えた。たしかにそのほうがより美味しく感じられるだろう。しかし、かわいそうな気もするが、ここは任務を優先させてもらう。

「いいえ、自分のことはお気になさらず」

案の定、アナスタシアは、「どうして？」と残念そうに言った。

「揚げ物を胃に入れて重くなった身体では、あなたを完璧にお護りできません」

朝からトンカツを食べても平気だった十代のころとは違う。経験を積んだいまのほうが、警備部に配属された二十代のころより SPとして優れている自負はあるが、内臓だけは正直だ。

「日本くんだりまで、ボクのために遠征してくるテロリストはいないと思うけどね」

そんなに真面目にやらなくても……と、軽く返すアナスタシアに、室塚は箸を置いて、まっすぐに視線を向けた。

「明確な危険がなくとも、最善を尽くすのが我々の任務です」

だから護られる側も、そのつもりでちゃんと護られてほしい。でなければ、護れるものも護れない事態が起きかねない。

「わかったよ」

降参だ、と両手を挙げて、アナスタシアは食事に戻る。彼の箸がつまみ上げたものを見て、室塚はどうしようかと悩んだものの、念のための忠告を向けた。

「大丈夫ですか？　それ……」

室塚が皆まで言う前に、アナスタシアはつまみ上げたものを口に運んでしまう。「なにが？」と訊きたい視線を向けた直後、緑眼が見開かれた。

「……？　……っ！」

思わずといった様子でむせて、それでも口にしたものは吐き出さない。

アナスタシアが口にしたのは、茗荷《みょうが》の天麩羅だった。

蕎麦にワサビ以外の薬味を入れていないから、ネギや大葉といった薬味の匂いが苦手なのだろうと思っていたのだが……。

「大丈夫ですか？」

卓を回り込んで、その背をさする。

「……っ、これ、なに？」

「茗荷という、通常は薬味などに少量使われる野菜なのですが、旬《しゅん》なので天麩羅にしたのでしょう。申し訳ありません。注意すべきでした」

アナスタシアは「なるほど、どうりで」と納得した顔で、お茶を飲み干す。それでも喉の痞《つか》えは治らないようだ。

薬味として刻まれたものならまだしも、姿のまま天麩羅にされたものは、いろんな意味で厳しかったかもしれない。

アナスタシアの背をさすりつつ、「すみません、水を！」と襖の向こうに声をかけると、廊下に控えていた仲居と州嘉が、同時に顔を覗かせた。

ひと目で呼ばれた理由を察したのだろう、仲居は慌てた様子で水を取りに厨房《ちゅうぼう》に足を向けたが、州嘉の目は笑っている。「いい気味」とでも、思っているのかもしれない。それはちょっとかわいそうではないかと、室塚は思った。


その夜のことだ。

ＶＩＰの少々の我《わ》が儘《まま》程度、いかようにも受け流すスキルを、経験上身につけている室塚だが、一日の警護任務終了を告げた直後にアナスタシアから提案された内容には、さすがに即断することができなかった。警護体制にかかわる内容だったからだ。

「コネクティングルームを使いなよ」

夕食のあと、部屋まで送り届け、場を辞そうとした室塚に、アナスタシアが言ったのだ。

「帰るなんて言わないよね？」

つまりは、二十四時間体制で近接警護にあたれ…と、そう酌みとれる発言だった。思わず黙す室塚に、アナスタシアが追い打ちをかけてくる。

「二十四時間警護は、命令の範疇《はんちゅう》じゃない？」

室塚がどう返すのか、わかっている口ぶりだった。

よほどの危険がない限り、ＳＰによる警護は、朝マルタイが家を出るところから帰宅するまで、というのが基本だ。それ以外の時間――マルタイが在宅であることが大前提だが――は、近隣署の地域課の警官が交代で警戒にあたる。

それは内閣総理大臣だろうが国賓だろうが変わらない、警護の基本事項だ。

しかし今回は、マルタイの希望は極力聞き入れるようにと、事前に言われている。どんな些細《ささい》なことでも国家間の軋轢《あつれき》となりうる危険性のある事象は排除したいという、警察ではなく政治の思惑が見え隠れする。

「わかりました」

渋々……といった感情を胸中で嚙み殺しているだろう部下たちの一方で、室塚は淡々としたものだった。

頭にあるのは、警護体制の組み直しと、上への報告、部下への徹底、といった任務上のあれこれであって、アナスタシアの我が儘に対しての、これといった波立つ感情はない。

はじめから、希望には極力応えるようにと言われていたし、面倒があるとすれば、警護体制を組み直すことによって生じる可能性のある危険の隙間だけ。完璧に組んだはずの警護体制に生じる、ホットスポットとも言うべきそれが怖いだけだ。

だがそれも、マルタイがホテルの部屋にいる間に徹底できるのであれば問題はない。

「すまないが、誰か俺のデスクの下のスーツケースを持ってきてくれるか」

急な出張にも対応できるように、常に必要最低限のものを納めたスーツケースを用意している。

在庁の人間に届けてくれるように依頼して、ほかのメンバーには室外の警護を命じた。マルタイと常に顔を合わせているよりは、気が楽なはずだ。

「さすがだね」

コネクティングルームに引っ込もうとする室塚に、ソファの背に腕を投げた格好で、長い足を持て余し気味に組んで、アナスタシアが言う。

「マルタイのワガママにも慣れっこってわけだ」

「そのようなことは……」

とかく挑発的なのは、そうでもしていないと間がもたないからだろう。

しかたないとひとつ息をついて、室塚はアナスタシアに向きなおった。

「なにがあろうとも、我々があなたをお護りします。ですが、ご本人が警護を軽んじられていては、護れるものも護れません。それから、SPはみな警護のプロですが、万全を期するためにも、お話の相手は自分ひとりにしていただきたい」

はっきりと言いきる室塚の顔をソファの背に身体を沈ませて見上げ、それから愉快げに口角を上げてみせる。

「わかったよ。きみの部下は巻き込まない」

「ちゃんと護られてください」

「鋭意努力する」

またも難しい日本語で返して、アナスタシアはシャワーを浴びに部屋を出ていった。

コネクティングルームに控えていたとしても、結局気の抜けない室塚は、無線を手放せないまま、ベッドに身体を投げ出しているよりほかない。深夜になってようやくシャワーを浴びて一日の埃《ほこり》を落とし、部下が届けてくれたスーツケースから新しいワイシャツを取り出した。


室塚が、自分が発した言葉がいかに不用意なものであったか、認識したのは翌朝のことだった。

「きみは、ボクにつきあってくれるんだろう？」

アナスタシアが、近接警護を室塚ひとりにしたいと言い出したのだ。いわく「観光地をめぐるのに、その恰好じゃ目立つでしょ」

まずは、ＳＰの制服とも言うべきダークカラーのスーツを「脱いで」と言いだし、「きみならもっと粋な柄を着こなせるよ」とネクタイを引っ張る。

近接保護要員以外は、スーツのほうがサラリーマンに化けやすいが、たしかにアナスタシアについて歩くには不向きだ。

だが、アナスタシアが要人ではあっても一般人なら――つまりは芸能活動などをしていないのであれば、そのほうがいいだろうが、イタリア首相の子息として以上に、彼は顔が売れている。

日本の街中にも、彼がモデルを務めるブランドの広告が展開されている。流行に敏感な若い女性なら、すぐに顔の判別がつくだろう。なんといっても、この美貌だ。見間違えるわけがない。

そうなると事情が違ってくる。

SPは一般人に紛れるのではなく、その存在を明確にしたほうが、警護がやりやすい。不用意に近寄ろうとする一般人を、牽制《けんせい》することができるからだ。

日本警察のSPは、どちらかといえば威圧感のない地味な風貌の者が好まれるが、諸外国の首脳が連れ歩くSS――シークレットサービス――が、いかにも…な風貌なのには、それなりの意味があるのだ。

とはいえ、今回はお忍び旅行。マスコミに嗅ぎつけられるわけにはいかない。一般人が容易に情報発信者になれる時代だ。見つかれば、インターネットを介してあっという間に情報が広まる。

「わかりました」

自分とアナスタシアでは、友人関係を装ったところで限界があると思うが……。かといって紅一点が恋人を装っても、万が一見つかったときにはより面倒な事態に陥る。

「お供いたします。そのかわり、市街では絶対に自分の傍を離れないでください」

念押しすると、「わかってるよ」と軽く返される。鵜呑《うの》みにするには軽すぎる返答だが、それをとやかく言ってもしかたない。

「では、着替えて――」

「――行こうか」

私服に着替えてきますと席を立とうとすると、アナスタシアも同時に腰を上げる。そして、先だって歩きはじめた。

「Signor Duran?」

どちらへ？　と呼びとめる。

「アナでいいって言ったろ？　友だちにSignorなんてつけるかい？」

呆《あき》れた風に肩を竦める仕種《しぐさ》も芝居じみている。

「警護の準備があります。まだお部屋から出ていただくわけにはまいりません」

前に回り込んでアナスタシアの行く先を塞《ふさ》ぐ。

その室塚に躊躇《ちゅうちょ》なく歩み寄ってきたかと思ったら、またもスルリと懐に滑り込んでくる。ほぼ同じ高さにある緑眼の美しさに見惚れた、一瞬の隙を突かれた。

「……っ」

この前は、頬だった。だが今度は、唇で甘ったるい音がした。

さすがに驚いて、目を瞠ってしまう。あきらかにあいさつではない行為に、部下のSPたちも絶句した。

視界いっぱいに、美しい相貌。端整な口許が、愉快げな笑みを刻む。白い手が、室塚の肩をぽんっと撫《な》でて、そして脇をすり抜けて行った。

この摑《つか》みどころのなさは、いったいなんだろうか。なにより、こちらの動きを読んでいるとしか思えない身のこなし、感覚の良さ。護られ慣れているがゆえのものなのか。

そんなことを考えていたら、「班長！」と、腕を揺すられた。視線を落とせば、一歩後ろに控えていたはずの州嘉が、すぐ横で不機嫌そうに眉間に皺を寄せている。

「中学生じゃないんですから、あれくらいで固まらないでください」

潜めた声でそんな苦言を寄こして、くるりと背を向ける。そして、大股にアナスタシアを追って行った。

「……すまん」

そういうわけではなかったのだが…と、気圧《けお》されがちに返して、自分もあとを追う。

アナスタシアが運転手に告げた行き先は、日本で懇意にしているセレクトショップ。事前の資料にあった店だが、スケジュールにはない。

いたしかたない。公式訪問ならともかく、お忍び旅行なのだ。予定どおりを強要するのも息苦しいだろう。

銀座《ぎんざ》の奥まった場所にあるその店は、知る人ぞ知るたたずまいで、アナスタシアの宿泊ホテル同様に、こんな仕事でもしていない限りは一生足を踏み入れることもないだろう高級店だった。

先着したアドバンス部隊が、店長に話を通し、店内の安全を確保した旨、無線に報告を寄こす。

それを受けて車を降り、周囲の安全を確認して、後部シートのドアを開けた。

黒塗りの高級車からものものしく人が降り立てば、それだけで何事かと注目を集めるのは当然。

そうして「有名人かしら?」「政治家?」程度の興味本位で足を止めた通行人のなかに、驚きと歓喜が波紋のように広がりはじめたところで、店のドアが下界の喧噪《けんそう》を遮った。重厚さのある、ガラスのドアだ。

店長とおぼしき妙齢の女性が、「いらっしゃいませ」と優雅に腰を折る。「こちらへ」と、奥のVIPルームに通そうとする店長を制して、アナスタシアは店内の物色をはじめた。

店内を一周したあと、「これとそれ、あとそれも」などと、本当に見ているのかと問いたくなるスピードで洋服を選んでいく。

だが、店員が取り上げる品はどれも、アナスタシアのイメージではないように見えた。なんでも着こなすだろうが、彼ならもっと華やかなものが似合いだ。

そんなことを思いながら、一歩引いた場所で、それでも何かあれば即アナスタシアの安全を確保できる距離で、彼の買い物風景を眺めていた室塚だったが、「シュースケ」と呼ばれて、アナスタシアの傍らに立った。

「なにか?」

よもや着替えを手伝えとは言われまいが……。

VIPのなかには、ドレスの背中をさらしてファスナーを上げろなどと、映画のワンシーンのようなことを言うご婦人も、実際にいる。

四角四面な態度の室塚に向けられる、ニッコリと、美しすぎる笑み。

いやな予感にとらわれる室塚に、自分が選んだシャツをあてて、「ああ、やっぱり」と頷く。

「これくらい明るい色のほうが似合う」

そう言うアナスタシアの手には、鮮やかなブルーのシャツがあった。

「……」

自分なら、絶対に選ばないだろう、派手な青。

絶句する室塚に、アナスタシアが放ったひと言は、まさしく予感的中といったところか。

「着替えて」

上から下までひと揃え、完璧にコーディネイトされたそれは、雑誌のグラビアやテレビのなかで目にすることはあっても、よもや自分が袖を通すことがあるなどと、考えもしない逸品。

アナスタシアにはシンプルすぎるが、室塚には……。

「自分が、ですか？」

なにを言われても驚かない自信のあった室塚だったが、さすがに確認せざるをえなかった。

「その格好で、友だちのふり？　無理だろう？」

地味なスーツの襟にSPバッジまでつけて？　と、面白そうに言われて閉口する。室塚をふりまわしているのが、楽しくてならない様子だ。

だから、連れ出される前に着替えようと思ったのだが……と、訴えても無駄だろう。そもそも自分の私服がアナスタシアの隣に並ぶのに適しているとも思えない。

これもある意味制服か？　いや、コスプレか？　と考えて、ひとり撃沈し、室塚は「わかりました」と頷いた。

高級店のフィッティングルームは、警察官になったばかりのころに暮らした待機寮の部屋と変わらないくらいに無駄に広く、ため息をさそわれる。しかも、四面がすべて鏡ときた。

ハンガーにかけられた衣類を見て、今一度ため息をつき、渋っていてもしかたないと、スーツのジャケットを脱いだ。

三百六十度の鏡に映し出される、突然の非日常。白いワイシャツの上のホルスターの黒。本物の鋼の凶器の放つ鈍い光。

高級セレクトショップには不似合いすぎる情景だ。

常にボタンがかけられることのないジャケットの下には、日常の裏の危険が隠されている。

ホルスターと無線を外し、手早く着替えをすませる。途中、無線と銃の隠し方を考えるのに少々の時間を要したが、それもものの一分程度のことだった。ジャケットスタイルなら、いつものスーツと基本はなにも変わらない。

デザイナーズブランドの一点物が、一介の公務員に似合うか似合わないかは、警護には影響のない些末事《さまつじ》と、この際割り切るよりほかない。

不用意に拳銃が見えるようなことがないかだけ確認して、フィッティングルームを出た。

とたん、「まぁ！」と、高い声に迎えられる。店員のものだった。

「とてもお似合いですわ！」

大袈裟《おおげさ》にしか聞こえない賛辞は、馬子《まご》にも衣装と言われているに等しい。

「ありがとうございます」と、適当に受け流そうとしたら、反対側からじっと射る視線に気づいて顔を向ける。いつもは評価の厳しい紅一点が、「ビックリだわ」と前置きした上で「お似合いです」と感想を述べて、こちらのほうがビックリした。

「……ありがとう」

そんなやりとりを、VIPルームのソファに背を預けて、アナスタシアが満足げに眺めている。

「これでよろしいでしょうか」

前に立って確認をとると、「その時計は？」と訊かれた。

室塚の左腕にはめられたゴツイ時計が、自分の選んだスタイリングに合わないと言いたいのだろう。

「これは装備ですので、ご容赦ください」

時計はファッションではなく実用品だ。少々のことで壊れたり狂ったりするようなヤワなものでは困る。

「Va bene《OK!》、わかったよ」

ようやく満足したのか、アナスタシアが腰を上げる。

すぐ目の前に、美しい白い顔。

この距離感には、どうも慣れない。

おもむろに手を伸ばされて、くしゃりっと髪を乱された。

常に短く散髪しているために、特別整髪も不要ではあるものの、清潔感を失わない程度にはスタイリングしている髪だ。

それを、「もう少しラフなほうが似合うよ」と、アナスタシアが手櫛《てぐし》で整える。長い指が地肌をくすぐり、襟足を撫でて、胸元に落とされる。

そこで、ふと手が止まった。ジャケットの下の銃に気づいたためと察して、「危険ですから」と小声で耳打ちし、その手をそっと制した。

「こんなものを携えた友人などいないとおっしゃられるのでしたら、我々は退散するよりほかありません」

自分はあなたを護るためにここにいるのです、と店員をはばかって潜めながらも強い声音で念押しすると、呆れたような、それでいて愉快そうな笑みを浮かべて、肩を竦めて見せた。

「そういうカタブツの友だちなら、目の前にいる」

そう言って、室塚の肩のあたりを指先でつつく。

「意外と、隙だらけだね」

またもやすやすと室塚の懐に入り込んだアナスタシアは、エメラルドの瞳を愉快そうに揺らして言った。

たしかに……と、納得している場合ではないのだが、ほかに反応のしようもない。とはいえ、実際

に室塚がしてみせたのは、ただじっとエメラルドの瞳に魅入ることだけだったが……。

「電車に乗りたい、って言っても許可されないんだろうね」

「当然です」

「じゃあ、車の運転は――」

「自分がします」

移動の間は、友だちのふりは必要ないだろうと思いながらも、助手席に乗るのはともかく、運転はダメだと制した。彼のドライビングテクニックがいかほどのものかは知らないが、SPは車両の扱いに関しても、特別な訓練を受けているのだ。

「はいはい」

わかったよ…と、両手を天に掲げて、降参のポーズ。そのかわり…と、「助手席はいいよね？」と言いながら、先だって歩きはじめる。

一歩後ろで室塚が渋い顔をしているとわかっているのだろう、「きみは、彼女や友だちを、後ろに乗せて走るの？」と、きた。

「友人なら、後ろに乗ることもあると思いますが」

「助手席は彼女専用シートってわけ？」

室塚の指に結婚指輪がないことを目ざとく指摘したのは自分だろうに……と思っていると、「離婚しても、恋人がいないってわけじゃないでしょう？」と、言葉がつづいた。

いい歳をして、そういった話題があまり得意ではない室塚は――色恋に限らず他愛ない会話というのが苦手なのだが……。話題に乏しい己のつまらなさは、「あなたといても退屈なの」という、元妻の別れ際の言葉がなくとも自覚している――当たり障りのない言葉を返すだけだ。

「仕事と両立できるほど、器用ではないもので」

「それが離婚の原因？」

「……っ」

サラリと受け流したつもりが、墓穴を掘ってぐっと詰まった。

「自分の話など、つまらない――」

「ボクは知りたいよ」

自分のことなどどうでもいいだろうと、返す言葉を思いがけないひと言に遮られ、室塚は思わず足を止めた。

「きみのことを、もっと知りたい」

背後の靴音が止まったのを察して振り返った美貌の主に、極上の笑みを向けられて、果たしてなんと返せばいいのか。

困惑に瞳を瞬く以外にない愚直なSP相手に、まるで女性を口説くかのような、甘ったるい言葉を寄こす。その真意こそはかりかねて、室塚はまたも無言のまま、美しい緑眼を見返した。

この瞳に見つめられ、甘い声で甘い言葉をかけられれば、女性ならどんな我が儘も甘えも許してしまうのだろうが、ＳＰである自分にそれを期待されても困る。

そう思う一方で、人たらしの天才相手に対抗しようと思うほうが無駄だし無意味だと胸中で納得もして、ひとつため息をついた。

「自分のような武骨者に演技力を期待されても困りますが、極力ご希望に沿う振る舞いを心がけます。それでよろしいでしょうか？」

室塚としては精いっぱいの譲歩だった。アナスタシアは、室塚の生真面目な反応こそが愉快だと言わんばかりに小さな笑みを零す。

「融通の利かない友人を持ったと思って諦めるよ」

ずいっと顔を寄せて、今度は声を潜めて言った。

「でも、そういう不器用さも、愛おしいんだ」

室塚が面食らっている間に、大股に歩いて、車の助手席に乗り込んでしまう。ひとつため息をついて彼を追い、室塚も車に乗り込んだ。

袖口に仕込んだマイクを口許に持っていこうとして、やめる。無線に何も告げないまま、車を発進させた。

「いいの？」

「部下や仲間を信じていますから」

へぇ…と、少しおどけた口調で言いながら、アナスタシアは嬉しそうに微笑んだ。

この程度のことでマルタイが満足するのなら、それもいいだろう。部下や仲間を信じていると言った言葉に嘘はない。室塚の動きに合わせて、臨機応変についてくるはずだ。それだけの訓練をしているし、そうでなければSPなど務まらない。

「オープンカーで走れたら、気持ち好かっただろうね」

アナスタシアがそんなことを言ったのは、車が東京湾を跨《また》ぐレインボーブリッジにさしかかったときだった。

都心の渋滞道路さながらに船舶が行き交うことで有名な東京湾だが、水深の関係で大型船の通過できるルートが決まっているためにそうなるだけのことで、所狭しと船が航行しているわけではないから、何も知らなければ長閑《のどか》な風景にしか見えない。

その上で、青い空に白い雲が浮かんでいれば、そんな気分にもなるだろう。——が、あいにく、警備車両は窓を開けることすら御法度《ごはっと》だ。

「日本の夏を甘く見ないほうがいい。あっという間に熱中症になります」

エアコンの効いていない車でドライヴなど、猛暑日がつづく日本においては自殺行為だ。東南アジア各国より日本の夏のほうが暑いと言われるくらいなのだから、近い緯度であってもイタリアのほうがずっと涼しいはずだ。

「涼しい海風と浴衣と花火……実に風流だと思ったんだけど」

彼が考える日本のイメージなのか、そんなことを言ってアナスタシアは肩を竦める。

スシ、シャブシャブ、ゲイシャ、サムライ、ハラキリなどと言われるよりはいいが――二十一世紀のいまなお、日本に対して冗談としか思えないイメージを持っている外国人は実は少なくない――浴衣で花火とは……と、室塚は興味を覚えた。

「地方に行けば、風流な光景も見られるかもしれませんが……東京近郊は厳しいでしょう。人出が尋常ではありませんから」

警備に機動隊が動員されるほどの人出では、風流とは程遠い。しかし、そうした混雑に巻き込まれることなく花火を楽しむ方法もある。地方の花火大会などでは、近隣で視界の利くホテルや旅館の部屋は、一年以上前から予約で埋まっていると聞く。

「そっか、旅館か……それもいいいな」

室塚の話に、アナスタシアは興味深げに頷いた。

いまさら予約をとりたいと言われてもさすがに無理だ……と返しかかって、一国の首相の子息という立場があれば、不可能も可能にできるだろうと思いとどまる。

なにせ、過去に要人やその奥方たちの、目に余る我が儘を間近で見てきた経験がある。金と権威を振りかざせば、世の中、大抵のことは可能だと、室塚は知っていた。

だが、自分のほうから、それを勧めることはしたくなかった。

するとアナスタシアが、思いがけないことを言う。

「今から予約を入れたら、来年には間に合うかな？」

それとも、再来年しか無理だろうかと訊かれて、室塚は返答に詰まった。話に聞いたことがあるだけで、彼自身はそうした夏の過ごし方とは無縁の生活だったからだ。

今の仕事について以来、ろくに旅行もしていない。たまの休日は日ごろできない家事とジム通いで終わる。

結婚していた間も、それは変わらなかった。腰の重い夫を誘うことを早々に諦めて、彼女はいつも女友だちと海外旅行に出かけていた。語学に堪能な夫と一緒なら、ツアーではなく好みに合った旅行を計画できるのに、とうの夫がついてこないのでは意味がないと何度愚痴られたかしれない。

そういう彼女も留学経験があって、まったくしゃべれないわけではなかったが、ネイティブとまではいかなかったし、スペイン語圏や東南アジア諸国など、限られた場所でしか英語が通じない国は意外と多いのだ。

「調べてみましょうか」

返した言葉に一番驚いたのは、言った当人だったが、同じくらいアナスタシアの緑眼にも驚きが浮かんでいた。室塚が、会話にまともに応じるとは思っていなかったのだろう。

「ありがとう」

思いがけず素直な反応に驚く。つくったものではない本物の笑みは、もともとの容貌が整いすぎるほどに整っていることもあって、形容しがたい美しさだった。

いつもこうならやりやすいのだが……と思って、これが彼の本質なのだとしたら、斜に構えたポーズには理由があるのだろうとさらに考える。ＳＰやボディガードにつきまとわれる生活を強いられていればウンザリもするだろうし、父親である首相がメディアを騒がせるたびにその皺寄せがくればいいかげん放っておいてくれと思って当然だ。

いい大人なら、そうした騒がしい環境とも折り合いをつけたらどうだと、第三者が言うのは容易《たやす》いが、現実はそんなに単純ではないし簡単でもない。

有名人の子息が、親と同じ道を選ぶか、もしくはまったく無関係の静かな生活を選ぶか、おうおうにして二極化されるのは、中途半端が一番面倒だからだ。

どうせ騒がしさから逃れようがないのなら、どっぷりとその世界に身を置いてしまおうと考えるか、もしくはとことん距離をとって静かに暮らしたいと望むか、どちらかしか選択の余地がないと考える人が多いためだろう。

これ以上はない安全運転と的確なステアリングさばきで都心を走り抜けながら、室塚は隣の存在に意識を向けた。

親の七光りをとことん利用すればいいと割り切れるほどに、アナスタシアはしたたかなタイプだろうか。表面上はどうであれ、その本質は？

一方で、マスコミが放っておかないだろう、その華やかな容貌も経歴も、もちろん生まれも、たとえ当人が静かな生活を望もうとも、それを不可能にするに充分すぎる。

彼自身がなにをどう望もうと、まわりが騒ぐぶんにはどうしようもないだろう。とくに欧州では、首相だろうが王室だろうが関係なく、容赦のないパパラッチは狙うし、マスコミも取り上げる。その騒がしさから逃れるのは、容易なことではない。

「事前に予定を出しておけば、自由に旅行も可能なのでしょうか？」

「どうかな。急にやめてくれって言われることもあるし」

そう返して、ふと何かに気づいた様子で、こちらに視線を寄こした。

「せっかく確認してもらっても、無駄になるかもしれない」

またも意外な言葉だった。そんなことを気にする必要のない生活をしているだろうに。

「それは、気になさらなくて結構です」

一SPが気にかける必要のないことだった。アナスタシアに余計な気を遣わせてしまったと胸中で反省する。

そんな話をしている間に、車は湾岸道路を走り抜け、目的の商業施設が見えはじめる。

「プライベートでこういう場所に来ることはある？」

観光客向けにできているのか、それとも日常的に足を運ぶような場所なのか、という意味だろうか。

いずれにせよ、室塚の答えは決まっている。

「仕事のために来ることはありますが……」

家庭があれば違うのかもしれないが、独身男が休日に足を運ぶような場所ではない。

「仕事？　事前に下見に？」

もしかして任務としてではなく、プライベートの時間を割《さ》いて、新たにできた商業施設などに足を運ぶのかと訊かれて、室塚は「まぁ……」と言葉を濁した。ワーカホリックだと嗤《わら》われるだろうと思ったのだ。部下ですら、呆れ顔をすることもあるくらいなのだから。

だが、アナスタシアの反応は違っていた。

「じゃあ、安心だ」と微笑んで、車窓の景色に見入る。世辞でもなんでもない、あたりまえの反応として零れ落ちた言葉だと、わかる風情《ふぜい》だった。

室塚が戸惑いを覚えたのがわかったのか、いったんは車窓に投げた視線を戻して、「なに？」と首を傾げる。

「いえ……ワーカホリックだと言われると思ったもので」

するとアナスタシアは、「自覚あるんだ？」とクスクス笑いを零す。

「ワーカホリックと捉えるか、仕事一途《いちず》と捉えるか……どっちでもいいんじゃない？」

そして彼は、仕事一途と受け取ってくれた、ということらしい。

車が施設の駐車場に滑り込むと、客を装って同様に車を駐車させた部下たちから、続々と報告が上がってくる。それに返しながら、あらかじめ予定された場所に車を駐車させた。直前まで、やはり客を装ったアドバンスの車が停められていたスペースだ。

「日本人ってのは、あらゆる面で頭がいいね」

無駄なくつくられた駐車スペースと、駐車場のシステムにも、アナスタシアは関心を示した。

「国土が狭いですから、工夫せざるをえません」

日本人の知恵の豊かさは、多分に国土の狭さと資源の少なさに起因している。工夫しなくては生きていけないから工夫するのだ。

広大な土地を有する合衆国やロシアに立体駐車場は無用だろうし、どこに停《と》めてもいいのなら料金徴収の必要もない。

「それだけじゃないだろう？　食品のパッケージひとつとっても、繊細な工夫が施されてる」

つい敬語を使ってしまう室塚に「口の利き方、注意して」と前置きして、アナスタシアは施設の入り口に足を向ける。

「それに、とても親切だ」

案内板を指差して言い、「イタリアの方も親切だと思いますが……」と返す室塚を制して、「イタリア人も、もう少しサービスという言葉の意味を学ぶべきだ」とつづける。

サービス業とは程遠い場所にいるだろう彼に言われるのも微妙な気がするが、事実は事実だ。イタリアに限ったことではなく、海外のどこへ行っても、日本人が日本以外の国でサービスに満足できることはないだろう。

アナスタシアは、なにか目的があるというわけではないようで、客でにぎわう通路をゆったりと歩いていく。大柄な彼の横に同じく大柄な自分が並ぶと通路を塞ぎかねないため、室塚は一歩後ろについた。

通り過ぎる、主に女性が、ことごとくアナスタシアを振り返っていく。なかには男性客が思わず…といった様子で見惚れる姿も見受けられた。

アナスタシアは、薄い色味のサングラスをかけているだけで、とくに変装はしていない。豪奢《ごうしゃ》な金髪に長身というだけで充分に目立つ。だが、声をかけてくる者はない。彼の足取りが早いというのもあるが、それ以上に声をかけにくいのだろう。

どの店にも興味深げな視線を向けるものの、アナスタシアの足は止まらない。何かを探しているのだろうかと、尋ねるために室塚が隣に並ぼうとしたときだった。

ふいにアナスタシアが足を止めた。

なにに目を止めたのだろうかと、その視線の先を追って、なるほど…と納得する。

季節柄だろう、店頭に浴衣を着せたトルソーを展示している呉服店だった。この手の地味な店はたいてい商業施設の一番端のあたりにある。したがって、客の姿はまばらだ。

日本を訪れる外国人の多くが興味を示すもののなかに、着物がある。温泉宿を訪れれば、寸足らずの浴衣に嬉々《きき》として袖を通す外国人旅行客の姿は珍しいものではない。

「浴衣をおつくりになられたいのですか？」

ならば、信頼できる呉服店の人間をホテルに呼べばよかった。こんな商業施設に入店している程度の店では、アナスタシアに似合いの品は誂《あつら》えられないだろう。着物ほどではないにせよ、浴衣もピンキリだ。

「僕が着ても似合わないよ」

そう言う彼の視線は、子ども用の浴衣に向けられていた。

大人のトルソーの隣に、親子連れのイメージで展示されているものだ。

ピンク色の女の子用のものと、藍色の男の子用のもの。アナスタシアの目は、男の子用の浴衣を捉えている。

「子どものころ、浴衣を着たかい？」

「……ええ。何度かは」

たぶん幼稚園児のころだと思うが、浴衣を着せられ親に手を引かれて、夏祭りに出かけた記憶がある、と話すと、アナスタシアは「へぇ…」と興味深げな顔を向けた。

「花火は？」

やけに花火に興味を示す。

「花火ですか？　神社の境内で線香花火をしたように記憶していますが……」

盆踊りと出店と花火は、夏の情景としてはセットだろう。

中学生にもなれば、もっと派手な花火で遊びもするが、幼少のころは線香花火の火花すら、怖かった記憶がある。

「まさしく日本の情緒だね。あの繊細な美しさを追求できるのは、世界で日本人だけだ」

言いながら、アナスタシアは何かを認めた様子で、足早に呉服屋の前を離れた。

着物を見に来たのだろう、杖をついた老女と付き添いの女性ふたりに通路を塞がれた室塚が一歩遅れた隙に、アナスタシアはすたすたと大股に歩いて行ってしまう。

一瞬ひやり…としたものの、目立つ長身はすぐに見つかった。呉服屋同様、この手の施設ではたいがい一番端に店舗が置かれているホビーショップの前で足を止めている。

追いかけてきた室塚に気づいて、愉快そうに口角を上げる。ほとんど変わらないはずの室塚の表情にいくらかの焦りを読み取って、楽しんでいるのだ。

「そんなに慌てなくていいのに」

「何度も申し上げますが、あなたをお護りするのが――」

言いかけた唇を、指先ひとつで止められる。

その意図はすぐに察した。彼らの足元から小学校低学年くらいの少年ふたりが、興味津々と見上げているのだ。

室塚が視線を落とすと、少年たちは、まるで教師に悪戯を見つかったかのように脅《おび》えた顔で、サッと視線を外した。そして、子どもなりに精いっぱい、さりげなさを装ってその場を離れる。

怖い顔で睨《にら》んだ覚えのない室塚は、微妙な気持ちで立ち去る子どもの背を見送った。その横で、クックと零れる笑い。

「どうぞお好きなだけ笑ってください」

長嘆とともに呟くと、さらに零れる愉快げな笑い。

「調子でてきたね」

やればできるじゃないかと肩を叩かれた。

戸惑い顔の室塚の脇をすり抜けて、アナスタシアは店の奥へ。ごちゃごちゃと商品の積み上げられた店内に、彼の興味を引くようなものなどあるだろうかと訝《いぶか》る室塚の前で、アナスタシアが足を止めたのは、子ども用の花火が並んだ棚だった。

昔ながらの台紙に張り付けられたものから、大きな袋いっぱいに詰め込まれたお徳用まで。手に持って楽しむタイプの花火が多種類セットになった、この時期になればどこでも見かける商品だ。

一際大きな袋いっぱいに花火が詰め込まれた商品を手にとって、「cashierは?」と訊く。

火薬が使われたものを土産にできないことくらいはわかっているだろうが……まさか、「みんなでやろう」などと言い出したりは……。

室塚の胸を、そんな不安が瞬間過《よぎ》る。

つい、「買われるのですか?」と訊いてしまい、「もちろん」と即答されて、つづく言葉を見失った。

「ホテルで花火はできません」

室塚が言い淀《よど》んだ忠言を、すかさず差し挟んだのは、客を装って近づいてきた紅一点で、それに少し驚いた顔をしてみせたものの、アナスタシアが懲《こ》りることはなかった。

「公園ならいいでしょ?」

「禁止されているところのほうが多いと思います」

「ほうが多いってことは、できるところもあるってことだよね？」

「……」

今度は紅一点が黙る番だ。悔《くや》しそうに唇を引き結んで、返す言葉を探している様子。いつもなら、底意地の悪いＶＩＰ夫人にネチネチと嫌みを言われようとも動じることのない、彼女らしからぬ反応だった。

そんな彼女に興味をそそられる様子もなく、アナスタシアは忠告を無視してレジに向かってしまう。買うと言うものはしかたない。室塚は紅一点を制して、彼を追った。

「日本は、いろいろ規制がうるさいんだね。花火の本場なのに」

「狭い国ですから、いたしかたないのです」

「でも、子どもたちはどうしてるの？　花火やりたがらない？」

「一部の公園や、マンション共有の広場なら、一定ルールのもとに許可されていると思います」

「広いところでやったほうが楽しいのに」

「自分も、そう思います」

支払いをすませた大きな花火の袋は、あとから別の人間に受け取りに来させることにして、店を離れる。

次いでアナスタシアが足を止めたのは、ガラス張りのペットショップの前だった。

「日本では、こんな仔犬がガラスケースのなかに入れられて、売られているのかい？」

心底驚いた顔で、やわらかいボールと戯れるロングコートチワワの仔犬に見入る。

諸外国では、犬や猫を新たな家族として迎えるときには、まずは保護施設を訪ねて希望に合う犬や猫がいないか探すのが常識だ。もしくは、ブリーダーから直接譲り受ける。

その場合に、飼い主としての資質を問われるのは当然で、日本のように命のあるものを衝動買いするような風潮はない。

生後数カ月以上経過しない限り、仔犬や仔猫を母犬や母猫から引き離してはならないという法律のある国も存在するほどだ。

「申し訳ありません」

思わず謝っていた。

室塚自身、アナスタシアと同じ気持ちだったからだ。

滑らかな眉間に皺を寄せてボールにじゃれるロングコートチワワを眺めていたアナスタシアが、思わずと言った様子で顔を向ける。そして、堪りかねたように噴き出した。

「そんな顰《しか》め面しなくても」

それは自分だろうと返したかったが、言葉は呑み込んだ。

「もともとこういう顔ですから」

生真面目に返す室塚がよほどおかしいのか、アナスタシアはエメラルドの瞳に涙まで浮かべてクックッと愉快そうに笑う。

ひねたところがあるかと思えば、少年のような顔も見せる。そもそも素《す》の彼は、とても純真なひとなのだろうと室塚は思った。

「犬はお好きですか？」

「ああ。屋敷では大型犬ばかりだから……小型犬も可愛いね。でも、猫のほうが膝でおとなしくしてくれるかな」

そう言って、今度は店の片隅の仔猫のコーナーへ。

世の大半は犬好きなのかと思わされるほど、ペットショップでの猫の取扱数は少ない。捨て猫や近所で生まれた仔猫をもらって育てる人が多いためだろう。

キャットタワーの置かれたガラス張りの一角では、昨今の流行《はや》りなのだろうスコティッシュホールドとアビシニアンの仔猫がひとり遊びに没頭している。

その姿をしばし眺めたあと、アナスタシアはポツリと、「日本猫がいない」と呟いた。

どう返そうかと考えて、考えているうちにタイミングを逸し、室塚は彼の隣に立って、高値のつけられた仔猫を見下ろす。

日本猫のなかにも、ジャパニーズボブテイルと呼ばれる、確立された猫種があるが、そういう意味ではないだろう。

「招き猫みたいな。ああいう子がいいな」

招き猫の毛色は果たしてなんだったか……ブチ猫か？　いや、三毛猫だったか？　そもそも決まりはあるのか？

「保護施設に行ったほうがよさそうだ」

心ない飼い主に捨てられるだけでなく、昨今では病気や災害など、様々な理由で飼えなくなった動物たちが保護施設に持ち込まれている。保護といいながら、行き着く先は殺処分だ。

アナスタシアのように生活に余裕のあるセレブが、十匹でも二十匹でも引き取ってくれるのなら、施設側としてもありがたいことだろうが、しかし、飛行機の貨物室に詰め込んでイタリアまでつれていくのもかわいそうな気がする。

「飛行機の貨物室で十二時間ってのも、かわいそうだね」

「……」

まさしくいま、室塚が考えていたことを呟いて、アナスタシアはペットショップの前を離れる。

その背をしばし見送ってしまって、慌ててあとを追った。

「お腹がすいたね。あそこで食べよう」

アナスタシアが指さしたのは、いわゆるフードコート。

平日の昼間だから、それほど混んではいないが、子連れが多いから騒がしいし、決して落ち着ける場所ではない。

だが、とうのアナスタシアは、庶民感あふれる場所に、逆に好奇心を刺激された様子で、壁際に並ぶ店舗を興味深げに覗き込む。

讃岐《さぬき》うどんにファーストフード、ラーメン屋、クレープ店、インドカレーにフレッシュジューススタンド……まるで統一感がない。共通点があるとすれば、安いということくらいだろうか。

とてもアナスタシアの舌を満足させられるようには思えないが……。アトラクションだと思っているのなら、こういうのもありかもしれない。

アナスタシアが興味を示したのは、客の目の前で麺を茹《ゆ》でて、出来立てを提供してくれる、人気の讃岐うどん店だった。

さらには、ラーメン店の店頭に置かれた、ソフトクリームのオブジェ。

「これは、ジェラートとは違うの？」

「ソフトクリームです。ジェラートより、乳脂肪分が高いと記憶していますが……」

そんなやりとりを交わす横で、少女がふたり、ソフトクリームを買っていく。

すかさず、アナスタシアが注文を入れた。

「これをひとつください」

バニラソフトの食品サンプルを指さしている。

外国人観光客も多いためだろう、アルバイトとおぼしき若い女性店員は、英語が堪能だった。

「自然放牧された牛の牛乳を使った、乳化剤も添加物も使っていない濃厚なソフトクリームなんですよ！」

フードコートと侮るなかれ。そんなこだわりの品を扱っていたのかと、アナスタシア以上に室塚が驚いた。

「へぇ……美味しそうだね、ありがとう」

美貌の主の微笑みの直撃をモロに食らったらしい、女性店員は呆然とした顔で固まった。目が完全にイっている。

いまさらのように、アナスタシア・デュランの名に思い至ったのだろう。ほかの店員も寄ってきて、ソフトクリームを舐めるアナスタシアに固唾《かたず》を呑んで見入る。

肉感的な舌が、やわらかなクリームを舐める様子が、室塚の目に妙に淫靡《いんび》に映った。

まったく、どんな姿も絵になるというのは、ひとつの才能だ。

「うん、美味しい！」

さらに微笑みを上乗せされた女性店員は、得意の英語すら出てこなくなった様子で、ただコクコクと頷くばかり。

満足げに細められたアナスタシアの緑眼が、次いで室塚を映し、そして「はい」と差し出されるスプーン。

「……」

カップルなら、なんら問題のない行為だろうが、自分はSPで、それ以前に男だ。男でも、たとえば十代の少年同士なら、まだ見られなくはないのかもしれないが……。

花火のときには口を挟んできたのに、なぜいま助け舟を出してこないのか…と、近くにいるはずの部下にチラリと視線をやるものの、気づいてもらえなかった。いや、気づいていて、あえて無視しているのかもしれない。

「溶けるよ」

そう言われて、しかたなく口を開く。——と同時に、若い女性店員たちが息を呑む気配。叫びたいのを必死にこらえているような顔で、アナスタシアの差し出すスプーンからソフトクリームを食べる室塚を見ている。

こんなオヤジが相手では絵にならないと言いたいのだろうが、申し訳ない。こちらも仕事だ。

「眉間に皺を寄せてスイーツを食べる人、はじめて見たよ」

愉快そうに言いながら、室塚に食べさせたのと同じスプーンでソフトクリームを掬《すく》う。

「甘いもの、苦手?」

「そういうわけではありませんが……」

スイーツが問題なのではなく、食べ方が問題なのだと言いたかったが、彼に言っても無駄だと諦めた。

ワッフルコーンの尻尾まで残さずたいらげて、ゴミはどうするのかと訊くので、燃えるゴミと燃えないゴミを分別して捨てるのだと教える。

その一部始終を、ソフトクリーム店の女性店員たちが、じっとうかがっている。

店から数メートル離れたあたりで、背後でケータイ端末のシャッター音が聞こえたが、咎《とが》めはしなかった。今のご時世、いたしかたのないことだ。よほど悪質でなければ、放置するのが最良の対処といえる。

数分後には、アナスタシア・デュラン、お忍びで来日中!? と、不鮮明な画像つきで、インターネットに情報が流れるのだろう。

インターネットとモバイル端末の普及によって、誰もが情報発信者になれる昨今、警察としては面倒この上ないというのが正直なところだ。

少し前に、人質立てこもり事件の実況生中継を、一般人がネット上で行って話題になったが、突入態勢をとっているSIT隊員まで映されてはかなわない。その映像を犯人が見る可能性や、それによって被害者が出る危険性まで、考えが及ばないのだろうか。昨今、人間の想像力が貧困になっている気がしてならない。

シャッター音が聞こえただろうに、アナスタシアに気にする様子はない。慣れと諦めと、きっと両方だろうと、室塚は想像した。

お腹がすいたと言ったはずなのに、アナスタシアはフードコートを横切って、出入り口に向かってしまう。ソフトクリームで満足したのかと思いきや、出入り口近くで足を止めた。

「シュースケ、これはなんだい?」

また何かに興味をひかれたようだ。

アナスタシアが指さす先では、狐《きつね》色の甘味が、鉄板の上で香ばしい匂いを立てている。

「大判焼きです。餡子《red bean paste》は食べられますか？」

梅干しや納豆ほどではないだろうが、餡子《あんこ》は好き嫌いが分かれるだろう。

「こっちは？　お菓子かな？」

「みたらし団子《だんご》です」

固有名詞ではわからないだろうと思い、「skewered rice dumplings in a sweet soy glaze」と説明する。

「昔からある、素朴なお菓子です」

洒落《しゃれ》た雰囲気につくられたショッピングモールだが、こうした定番は外せないのだろう。

昔から食べられている庶民的な甘味、という点が気に入ったらしい。大判焼きとみたらし団子を買って、アナスタシアは空いていた席に腰を下ろす。

チープな椅子に、本人は気にせず腰かけるものの、見ているほうの違和感はすさまじかった。

室塚は、アナスタシアの向かいではなく、隣の椅子に浅く腰かけた。万が一のときに、彼を庇《かば》える位置にいなくては意味がない。

焼きたての大判焼きを手に取って、どう食べるものなのかと首を傾げたあと、アナスタシアは手にしたそれを半分に割った。なかの餡子が湯気を立てる。

そのまま口に持っていこうとするのを見て、反射的にアナスタシアの手を摑んで止める。緑眼が怪訝そうな色を孕《はら》んで、間近に室塚を捉えた。

「火傷《やけど》します」

熱々の餡子など、舌を火傷するためにあるようなものだ。

欧米人は、日本人ほどに熱々の料理を口にしない。カフェでのホットドリンクの提供温度も、欧米は日本より低い。つまり、日本人以上に火傷する可能性が高い、ということになる。

室塚に言われて、湯気を立てる大判焼きに視線を落とし、納得したように緑眼を瞬く。

割った大判焼きをひとまず置いて、みたらし団子の串をつまみ上げた。こちらもやはり、どう食べたらいいのか……と、少し悩むそぶりを見せて、それから口に運ぶ。

団子の食感が、果たしてどうなのか……と、室塚は心配したが、杞憂《きゆう》だったようだ。アナスタシアは気に入った様子で、さらにもうひと口。五つ刺さった団子の、三つめまで食べたものの、残りふたつになったところで、串を差し出してきた。

どうやって食べていいかわからないのだろう。室塚は差し出された団子の串を受け取って、串の下のほうに刺さった団子を、前歯で抜き取り、ありがたくいただくことにする。甘いものは得意ではないが、和菓子は嫌いではない。

「日本人は、本当に器用だなぁ」

オーバーリアクションぎみに感嘆を零して、湯気を立てなくなった大判焼きに手を伸ばす。半分に割った片方を差し出されて、室塚は黙ってそれを受け取った。

「アイスより、こういうお菓子のほうが好きかい？」

「好きか嫌いかと訊かれれば、好きなほうでしょう。郷愁をそそられるからかもしれません」

素朴な菓子を手に、堅苦しい言葉を返せば、「プライベートでもそんな感じなの？」と笑われた。

「こういうときは、『好き』って、ひと言でいいんじゃないかな」

大判焼きを頬ばって、ひとつ頷き、室塚にも食べるよう、促してくる。まったく、そのとおりだと納得する以外にない指摘だった。

「……そうですね」

苦笑混じりの小さな笑みを浮かべて、懐かしい味の素朴な菓子を口にする。ふた口ほどで胃におさまったそのやさしい甘さが、室塚の堅苦しい性格を、少しだけ解《ほぐ》した。

「やはり自分では、ロクな話し相手にもなりませんね」

面白味のない人間であることを、いちいち露呈して歩いているようなものだ。

ＳＰに話術が必要とは思わないが、会話力の欠如は、上に立つ者として、決して誉《ほ》められたことではない。

「そうかな？　ボクは結構楽しんでいるよ」

渋い表情を浮かべる室塚を隣から覗き込むようにして、アナスタシアが微笑む。意図せず、緑眼と見つめ合う恰好になってしまった。

長い睫毛まで金色で、パーツのひとつひとつがまったくもって作り物めいている。隣合っているために、常以上に近い位置に整った相貌があって、室塚は無自覚なままそれに見入った。

「シュースケは、いつもそんな感じ？」

「……はい？」

「そんな目でまっすぐに見つめられたら、口説かれてるのかと思ってしまうよ」

しばらく考えたあとで、「申し訳ありません」と詫《わ》びた。アナスタシアは思いがけない言葉を聞いた顔で、緑眼を丸くする。

「ボクは振られたのかな？」

「自分はその手の冗談に返すスキルを持ち合わせておりませんので、つまらない思いをさせてしまったかと……」

冗談に上手《うま》く返せなくて申し訳ないと思っただけのことなのだが、アナスタシアはさらにわからない言葉を寄こす。

「それは遠まわしのNOってこと？」

頭上に盛大なクエスチョンマークを散らしながらも、室塚は言葉を探した。

「いえ、ですから……」

「この会話、シュースケの部下にも筒抜けなんだよね？」

「……？　それがなにか？」

怪訝に思って瞳を瞬くと、アナスタシアは肩を竦めて、ひとつ息をついた。

「かわいそうに。いまごろみんな、笑いたいのに笑えなくて、つらい思いをしてるだろうね」

腹筋が攣《つ》らなきゃいいけど……と、言いながら、周囲をぐるりと見やる。

視界の端に映る紅一点に、室塚がさりげなく視線を向けると、彼女は眉間に深い皺を刻んだ厳しい表情で、どこで拝借してきたのか、モールのチラシに目を通すふりをしていた。笑いたそうな顔はしていないように見えるが……。

アナスタシアと室塚のズレた会話に、笑いたくても笑えなくて、ぐっと我慢しているために、紅一点の滑らかな眉間に皺が寄っているなどと、思いもよらない室塚は、見慣れた部下の横顔に首を傾げるよりほかない。

頭上にクエスチョンマークを飛ばしたままアナスタシアに視線を戻すと、「愛される上司だね、シユースケは」と、ニッコリ。

「……ありがとうございます」

意味がわからないが、どうやら誉められたらしいと礼を口にする。すると視界の端で、紅一点が手にしていたチラシに顔を突っ伏すのが見えた。

――……？

どうかしたのかと無線に問うわけにもいかず、ついアナスタシアに問う視線を向けてしまう。――が、もちろん、返答など得られるわけがない。

「花火、どこでやる？」

本当にやるんですか？　とは、もはや訊けなかった。

「……ホテルにかけ合います」

無線越し、室塚の応えを聞いた紅一点が、「マジですか?」と問いたげな視線を寄こす。それを無言ではねのけつつ、室塚はふっと口許をゆるめた。

警護対象の我が儘など、端《はな》から慣れっこではあるが、アナスタシアの見せる奔放さにも、多少慣れて……いや、麻痺《まひ》しはじめたのかもしれない。

「そうこなくちゃ」

少年のような笑みを向けられれば、悪い気はしない。

どうせなら、日本滞在を楽しんでもらいたい。自由が利かないのであればなおのこと、可能な範囲で希望をかなえてやりたい。室塚はそう考えていた。

この夜、スイートルームの広いテラスで、SPも全員参加で花火大会をした。

もちろんロケット花火などは禁止で、線香花火に代表される手持ち花火ばかりだったが、それがかえってよかったらしい。はじめは困惑げな顔をしていた部下たちも、結果的に童心に帰って楽しむことができた。

ひと抱えもあった花火が部下のSPたちの手によって見る間に消費されていくのを、アナスタシアは線香花火を手に、満足げに見ていた。

パチパチと風流な音を立てて弾ける線香花火の繊細な火花に見入るアナスタシアの横顔を、室塚もまた、線香花火を手にうかがう。

線香花火は、松葉や柳と呼ばれる火花を弾けさせたあと、ジジジ…ッと低い音を立てて赤々と燃える火玉をつくった。

「綺麗だな……」

アナスタシアが呟く。

その静かな声に引き寄せられるように、室塚は真っ赤に燃える火玉に照らされた、アナスタシアの横顔に目を向けた。

「知ってるかい？　線香花火に使われる火薬は、たったの〇．〇八グラム。一〇〇分の一グラム増減するだけで、燃え方が違ってしまうんだ」

膝に頬杖をついて、手元の火玉に視線を落としながら、アナスタシアが言う。

「お詳しいですね」

そういえば、大学で物理学を専攻していたと経歴書にあった。火薬類に詳しくても納得だが、多少物騒ではある。

「花火の打ち上げがコンピュータプログラミングによって制御される時代にあっても、この小さな線香花火には、花火職人の技と拘《こだわ》りが詰め込まれているんだ」

いまどきの日本人でも口にしないことを言う、彼の頭のなかにはいったい何が詰まっているのか。

アナスタシアの横顔に見入るあまり、手元がおろそかになって、大きく育っていた火玉が落ちる。

「あ……」

反射的に漏れた声に、アナスタシアが小さく笑った。その揺れで、彼の線香花火も火玉を落とす。

「儚《はかな》いなぁ……」

そこがいいんだけど……と、もう一本つまみ上げた線香花火を眼前に持ち上げて、観察するように見入りながら呟く。

「花火は芸術だよ」

言う声には、昼間、室塚の堅苦しい反応を茶化していた軽さはなく、ただただ静かだった。

「だからボクは、日本が好きだ」

日本の職人の生み出す繊細かつ謙虚な美の世界は、ヨーロッパにはないものだと言う。

「嬉《うれ》しいものですね。海外の方に、そう言っていただけるのは」

日本文化を認めてもらえるのは、日本人として純粋に嬉しいものだ。

新たな線香花火に火をつけたアナスタシアが、「ありがとう」と言葉を落とす。

その視線は線香花火に向けられていたけれど、彼の気持ちは室塚と、そして今は花火に興じるSPたちに向けられていた。

「我々も、童心に帰って楽しむことができました」

礼を言うのはこちらのほうだと返すと、今は火花の赤い色を映した緑眼が笑みを浮かべる。

「きみが浴衣を着てくれたら、完璧だったんだけど」

浴衣に下駄《げた》ばきで警護はできない。「ご勘弁を」と苦笑で返して、室塚もう一本、線香花火をとり上げる。

そこへ、無線が。

花火に興じていても、SPたちの装備はそのままで、もちろん無線も通じている。

聞こえてきたのは、紅一点の州嘉の声だった。

『我々は引き上げますが、おふたりはどうぞごゆっくり』

見れば、抱えるほどの花火をすっかり消費しきった一同が、早々に撤収をはじめている。

室塚とアナスタシアが腰かけるベンチの足下には、水の張られたバケツがひとつ。ふたりの間には、数本残った線香花火の包み。

のんびり線香花火に見入っているうちに遅れをとったらしい。

『通常警備に戻ります』

それっきり通信は切れ、静寂のなかに火花の弾ける音だけが、やけに大きく響く。今度の火玉は、ジジ…ッと低い音を立てはじめてすぐ、小さなうちに落ちてしまった。

「精神修行になるね」

「訓練に取り入れるように、上に打診しておきます」

心のありようが反映されるのだろうとの指摘に、同感だと返す。

「そんな冗談も言えたんだ？」

それとも本気かと、アナスタシアが愉快そうに喉を鳴らす。室塚は「あなたに慣らされました」と苦笑した。

最後の二本の線香花火を分け合って、火をつけ、おのおのの手元に見入る。

言われてみればたしかに松葉に見える火花が美しい炎の造形を描いたあと、火玉が静かに熱を蓄えていく。

少しずつ大きくなっていくその赤々とした色に、ふたりはともに見入り、そしてほぼ同時に落胆のため息を零した。

足元の闇に儚く散った炎の芸術は、雲のかかった月夜の静寂に風情という名の余韻を残す。遠くに聞こえる都会の喧騒すら吸い取るかのようだった。

かすかに残る火薬の匂いと瞼《まぶた》の裏に焼きつく火玉の赤が、郷愁を呼び覚ますとともに、日ごろ張りつめつづけた緊張を解きほぐしてくれたのかもしれない。

もちろん、今ここで暴漢が襲ってきたとしても、即応できる自負はあるが、いい具合に肩の力が抜けている。

「明日はどちらへ？」

先に提出されたスケジュールは頭に入っているが、あえて尋ねる。気が変わったのなら、対応するという意思表示のつもりだったが、アナスタシアは室塚の意図を正しく汲《く》み取って、言葉を返してきた。

「富士山が見たいな」

「晴れていれば、ここからでも見られますよ」

テラスで朝食をとりながら眺めることができると返すと、アナスタシアの緑眼が愉快げに細められる。

「じゃあ登ろう」

「世界遺産に登録されてからというもの、観光客が殺到していて風情も何もありません。落ちついてからにしましょう」

提案を、却下《きゃっか》するのではなく、受け入れつつかわす。

「何年後の話？」

「さあ？」

自分にはわかりかねますと平然と言えば、アナスタシアは「覚えてろ」と、実に楽しそうに笑った。

かわしたつもりでいた反撃は、翌日忘れたころになって、室塚を襲った。

築地《つきじ》とアメ横《よこ》に買いものに出かけたまではよかった。

先に提出されたスケジュールどおりの行動で、アナスタシアが登山道具を用意していたときにはどう止めようかと、半ば本気で考えていた室塚は、胸中で密かに安堵《あんど》したのだが、前夜のやりとりで刺激されたらしいアナスタシアの悪戯心が、それでおさまるはずがなかったのだ。

築地はわかる。場内も場外も、いまや外国人旅行客であふれている。アメ横も、わからなくはない。ディープな日本を楽しみたい、リピーター旅行客なら、足を向けたい場所のひとつだろう。

ガイドブックに掲載された人気店の行列に並びたいのか、それとも築地やアメ横でなければ買えないなにかが欲しいのか。

ちなみに室塚は、長年東京に暮らしていても、築地もアメ横も、仕事以外で行ったことがない。つまりは、アナスタシア以外にも、築地で行列に並んで寿司を食べたいと言った要人が過去に存在したということだ。

「築地だからって、美味しいわけじゃありませんけど」

紅一点の州嘉が、辛辣《しんらつ》に呟く。

「築地にも、旨《うま》い店はあるだろう」

店の指定がないのなら、どこからか情報を仕入れて来てくれるように言うと、州嘉は呆れと疲れが入り混じった顔で「甘いんだから」と呟いた。

「要人の我が儘など、いまにはじまったことではないだろう？」

「そういう意味ではありません」

「……？」

だが、室塚の水面下での気遣いも、すべて無駄に終わった。

アナスタシアは、築地で寿司屋に並ぶでもなく、目についた店で魚介類を買い込み、野菜を適当に見つくろい、移動した先のアメ横では、キッチンツールにはじまってカトラリー類まで、飲食店でもはじめるのかと問いたくなるほどの買い物をして、どの店でも即配送を依頼し、ガイドブックに載っている店を覗くでもなく、ホテルに帰ってきてしまったのだ。

途中、美味しいパンが食べたいというアナスタシアの希望を聞いて、州嘉おススメの小さなパン屋に立ち寄り、店頭で寛《くつろ》ぐ生きた招き猫と招き犬が評判のその店でハード系のパンを数種類と、お隣のカフェでコーヒーを買ったものの、それだけ。

まだ陽《ひ》の高いうちにホテルに戻ってきて、さてどうするのかと思いきや、コーヒーと焼きたてのパンを口にしながら荷物が配達されるのを待ち、ＳＰのチェックを受けた荷物が部屋に運び込まれると、自ら先頭に立ってせっせと開封をはじめた。

が、慣れないことはやらないに限る。見かねた室塚ほかＳＰたちがそれを手伝い、梱包《こんぽう》資材を片付け終わったあとには、山積みの鍋やら食材やら。

梱包を解いたということは、イタリアに持って帰るつもりはないのだろうが……。

そのなかから、パスタパンとホールトマトの缶詰を取り上げて、交互に眺めることしばし。傍らで固唾を呑む室塚に、アナスタシアが向けた言葉。

「ポモドーロのつくり方、知ってる？」

「……はい？」

ポモドーロとは、トマトを使った一番シンプルなパスタのことだ。

「外食に飽きたから、料理しようかと思ったんだけど」

そのために、築地とアメ横で買い物をしまくったと？

「……料理、されるのですか？」

「したことない」

「……」

室塚が思わず動きを止めた背後で、紅一点の指示で部屋を片付けていたSPたちも固まった。背中に投げられる、紅一点の視線が痛い。自分が責められるいわれはないはずだが、「甘い」と指摘されたばかりなのもあって、自分が悪いような気がしてくる。

料理と聞いて、一同の視線が紅一点ではなく、室塚に向いた。ひとり暮らしが長いのもあって、できないことはないが……結婚していたときも、元妻より自分のほうが、キッチンに立つ時間は長かったかもしれない。

「本場の味は、期待しないでください」

自分は日本で食べるイタリアンしか知らないと言うと、アナスタシアは「つくれるの？」と少年のように返してくる。

「あなたの口に合うようなものがつくれるとは——」

「じゃあ、和食がいいな。ご飯とお味噌《みそ》汁と肉じゃが」

「……」

はじめてできた彼女の手料理に期待する青少年のようなリクエストに、またも絶句させられる。背後で部下たちが、ついうっかり…といった様子で噴き出しかけて、ぐっとこらえる気配が伝わってきた。

客室内の安全はほぼ確保されているとはいえ、気をゆるめすぎだ。あとで苦言を呈さねば。

「わかりました」

ひとつ息をつき、「失礼します」と断って、室塚はジャケットを脱ぐ。ホルスターを隠すために、常に身につけているスーツのジャケットだ。

物騒な凶器が露《あら》わになっても、アナスタシアは眉ひとつ動かさない。それを確認して、室塚はホルスターを外した。無線も外して、脱いだジャケットのポケットに突っ込む。

「班長？」

「あずかっててくれ」

外したホルスターを脱いだジャケットとともに紅一点にあずけて、ネクタイのノットをゆるめ、ワシャツの袖を捲《まく》り上げる。

こんなことまでして、マルタイのために料理をするのがＳＰの仕事とは思わないが、やると言ってしまったものはしかたない。

ダイニングテーブルに積み上がったものを片付け、パントリーに簡易のキッチンを設《しつら》える。ガス台は置けないが、電磁調理器なら問題はない。

料理をしたことがないと言うわりに、アナスタシアが買い揃えたキッチンツールにも食材や調味料類にも、無駄はなく、必要なものがちゃんと揃っていた。炊飯器はないが、土鍋がある。

これは、はめられたということだろうか……。

室塚を困らせたかったのか、単に我が儘を言いたかっただけなのか、それともひねくれた甘えたがりなのか……と、長嘆を零しながらも、怒りは湧いてこない。悪戯がすぎる子どもを相手にしている気分で、怒る気になれないのだ。

「なにか、お手伝いしますか？」

州嘉がパントリーを覗き込んでくる。バツ一子持ちの彼女だが、料理の腕は壊滅的だと噂に聞いている。その彼女の背後から、体育会系育ちで寮暮らしの長い部下が心配げに顔を覗かせて、やつのほうがよほど役に立ちそうだと思ったものの、大丈夫だと言う代わりに、「持ち場に戻れ」と指示を出した。

パントリーでひとりになって、今一度の長嘆。

気持ちを切り替えて、銃把《グリップ》を握るはずの手に、包丁を握る。

ひとりで黙々と作業できたなら、まだダメージは小さかったろうが、命令に従って顔を引っ込めた部下たちと入れ替わりにアナスタシアがやってきて、茶々入れをするわけではないが、母親の腰にしがみついて離れない子どものように、べったり。

興味津々と注がれる彼の視線に曝されながら、室塚は久しくしていなかった家事に没頭するよりなくなった。

一時間ほどのち、スイートルームの豪奢なダイニングテーブルに並んだのは、実に庶民的な家庭料理が数皿と、土鍋で炊《た》いたご飯、そして温かな湯気を立てる味噌汁。

「肉じゃがにホウレン草のおひたしに出汁《だし》巻き卵……」

紅一点が、眉間に皺を寄せて唸《うな》る。

「この浅漬けも手作りですか……？」

「具だくさんの味噌汁だ……」

「土鍋で白飯……」

アナスタシア以上に驚きを露わにしたのは部下のSPたちで、ダイニングテーブルを囲んで目を丸くしている。

ひとしきり感嘆を零したあと、意外な特技を披露してみせた上司に、一様に珍獣を見るかのような視線を寄こした。

咳《せき》払いでそれを振り払って、炊きたての白飯をよそい、味噌汁の椀《わん》には小口切りにしたアサツキを散らす。

「こんなものしかできませんが……」

一同の目が、「こんなものじゃない」と訴えていたが、とうのアナスタシアが満足しなければ意味がない。

ＳＰが、料理の腕を評価されても、それはそれで微妙ではあるが……。

並べられた純和食にじっと視線を落としていたアナスタシアは、何も言わず箸をとると、まずは味噌汁の椀を手にとった。

味噌汁で箸を湿らせて、それから艶々のご飯をほおばり、ゆるり…と目を瞠る。大根おろしの添えられた出汁巻き卵をゆっくりと咀嚼《そしゃく》し、次いでしっかりと味の染みた肉じゃが、ホウレン草のおひたし、浅漬けと、無言のまま食べ進める。

息を呑んで見守る一同の目の前で、アナスタシアは黙々と箸を口に運びつづけ、途中で空になった茶椀《ちゃわん》を差し出してくる。室塚もそれを無言のまま受け取って、お代わりをよそった。そしてまた黙々と食べ進めたアナスタシアは、すべての皿を空にするまで、とうとう無言のまま。箸を置いて、手を合わせ、そこでようやく、「ごちそうさまでした」と言葉を発した。

「シュースケ、お嫁に来ない？」

すっごく美味しかった！　と、アナスタシアが満足げな笑みを向ける。悪戯な色を滲《にじ》ませる緑眼の吸い込まれそうな色にも、少し慣れてきた気がする。

「……誉め言葉として受け取らせていただきます」

嫁云々は冗談にしても、満足してもらえたのなら、つくった甲斐もあるというものだ。

すると、傍らでそのやりとりを聞いていた紅一点が、ボソリ…と呟いた。

「私が嫁に欲しいわよ」

思わず視線を落とすものの、冗談に冗談で返すスキルを持たない室塚には、なんとも返しようもない。すると部下のなかでも若手のふたりが、紅一点を見やって不用意なひと言を放った。

「州嘉さん、それ逆なんじゃ……」

「いや、ある意味正しい……、……痛てっ」

パンプスの踵《かかと》で足の甲を踏みつけられて、屈強な身体が床にくずおれる。かわいそうに、しばらくは足を引きずって歩くことになるだろう。

警護任務中だというのに、こんなでいいのかと思う一方、アナスタシアに対する蟠《わだかま》りのようなものが、警護任務につく面々から消えていることに気づいて、室塚はたまにはいいかと考え直した。

「おまえらもあとで食べろ」

アナスタシアが買った鍋やフライパンが大きかったため、つくる量も必然的に多くなってしまった。全員で食べても充分な量のおかずが、パントリーの鍋に残っている。

「いいんですか!?」

「やった!」

室塚の思いがけない提案に、若いＳＰたちがガッツポーズをつくった。するとその傍らで、またも紅一点がボソリと呟く。

「……タッパー持ってくればよかったわ」

問う眼差しを落とすと、淡々と返された。

「明日の子どものお弁当、つくる手間が省けるかと……」

「……フリーザーバッグがあったはずだ」

「ありがとうございます」

持ち帰りさせていただきますと、先頭に立って踵《きびす》を返す。意外な一面を見た気持ちで、室塚はパントリーに消える細い背を見送った。

「明日のランチは、ポモドーロがいいな」

明日は、夜にパーティの予定が入っているだけで、昼間のスケジュールは調整日扱いで白紙になっていた。

「みんなで…って言いたいけど、警備上それは無理だろうから……、でもシュースケはつきあってくれるよね」

プロスポーツチームの選手が、全員同じものを食べたり、全員同じ飛行機や新幹線で移動しないのと同じことだ。リスク回避の意味を、アナスタシアは理解している。

万が一、食あたりを起こしたりした場合に警護に支障が出るために、全員で同じ弁当を食べたりはしない。

「日本には、本場以上に美味しいイタリアンレストランがいくらでもありますが」

「シュースケのつくったものが食べたいんだ」

自分はSPであってシェフではないと返すのは容易だが、マニュアルどおりの警護体制を敷くばかりが能ではない。

とくに今回のように、わかりやすい危険の存在が想定されていない警護活動を、長期間にわたって行う場合、SPのモチベーションの維持が問題となってくる。そうした状況においては、SPとマルタイとの間に良好な人間関係を築くことも重要だ。

「期待しないでください」

自分にできる限りの要望には応えるが、過剰な期待は勘弁してほしいと返す。和食はともかく、本場のイタリアンを知る舌を、満足させられるとは思えない。

「期待してる」

面白そうに言う声に、苦笑混じりの長嘆しか返せなくなっている。

どれほど面倒をかけられようとも、素直な反応を見せられれば嫌な気はしないものだ。それどころか、できる限りの希望は聞き入れてやりたいという気持ちにもなる。

「花火、もっとたくさん買っておけばよかったな」

楽しかったからまたやりたいと言われて、室塚は小さな笑みを零した。

「あまり無理を言うと、ホテルに嫌われます」

「いいよ。どうせロクな評判は広まってないんだから」

父親が一国の首相でなければ、ホテル側も自分の我が儘を許してはいないだろう。自分がなにをしても周囲の反応は変わらないのだから、気遣うだけ無駄だと言う。

「そんなことはありません」

アナスタシアのひねた思考を、室塚はやんわりと諫《いさ》めた。

「微笑みだけで周囲を幸せにできる才能をお持ちなのですから、ほんの少しの気遣いで、周囲の反応は変わるはずです」

現にいま、アナスタシアが黙々と食べる姿を見ただけで、室塚は範疇外の仕事までさせられている面倒も、どうでもよくなっているし、部下のＳＰたちの彼を見る目も変化した。

誰かれ構わず愛想をふりまけというのではない。せっかく綺麗な顔をしているのだから、ニコリと微笑むだけでいいのだ。

「シュースケは？　ボクの顔、好き？」

「……は？　……ええ」

この綺麗な顔を、嫌いだと言う人間のほうが少数派だと思うが……。自分が、というよりは、一般論として頷く。

「じゃあ、言うとおりにするよ」

戸惑う室塚を置いてけぼりに、アナスタシアはまさしく極上の笑みを浮かべた。

ふたりのやりとりをパントリーから覗きながら、腕組みをした紅一点と屈強な肩をすぼめた若手SPたちが、「絆《ほだ》されてるわね」「ヤバイっすね」と、ひそひそとやり合う。

「班長、無愛想に見せかけて、面倒見いいからなぁ……」

「可愛いものも綺麗なものも、実は好きだしね」

「そーいや、警備車両の前に飛び出してきた野良猫、助けたことありましたね」

「野良に懐かれる以上に、気位の高い血統書つきツンデレを手なずけたときのほうが、達成感が大きいんじゃないかしら」

「……は？」

信頼関係が成り立たなければ、護れるものも護れない、という大原則を、彼らは理解している。その一方で、マルタイへの思い入れが強すぎても危険であることを、経験則から知っている。

冗談のようなやり取りを交わしながらも、彼らが心配しているのは、敬愛する上司である室塚の身の安全だ。

2

不景気まっただ中の日本に、最低でも一泊七万円もするようなラグジュアリーホテルが林立していて、果たして稼働率はいかほどのものかと、心配になるのは庶民の感覚でしかないのだろう。

アナスタシアが滞在する、都心にあっても豊かな緑に囲まれた、長期滞在向きのホテルとはコンセプトを異にするタワーホテルは、洗練された都会的なデザインがウリだ。

そういえば以前、このホテルがオープンしたてのころだったか、新入りのＳＰが「自分、ここのトイレに住めます！」と発言して、仲間の笑いを買っていたことがあったが、そう言いたくなる気持ちもわからなくはない。

そんな超のつく一流ホテルのボールルームで開かれるパーティは、各国要人についてこういった場に足を運ぶことも多い室塚たちの目にも、ひときわ華やかに豪奢に映った。

経済界の重鎮からビジネスニュースをにぎわせるニューフェイスまで、世界経済を動かす面々が招かれている。そこに名家の子息令嬢や著名人、メディアが注目する若手代議士の名前が追加されれば、華やかさはこの上ない。

メディアは排除され、その代わりに駐車場や会場外には、SPや民間のボディガードの姿がそこかしこに見られる。

室塚の部下たちも、車両の安全確保と場外の定位置に散って、警備についている。今回は、客に紛れての警備は許されなかった。そのために室塚は、アナスタシアの随行員という立場で近接警護にあたることにした。

SPやボディガードの随行が許される場合には、堂々とそれらしい恰好をしていられるが、それが許されない今回のような場合には、完全に招待客のふりをする必要がある。つまり、それなりの恰好をしなければならない、ということだ。

「さすがに、体格がいいから、似合うね」

ボーイからシャンパングラスを受け取りながら、自分こそ、いつも以上に華やかに見えるパーティスーツに身を包んだアナスタシアが、ボールルームのシャンデリアに照らされた、スリーピーススーツ姿の室塚をまじまじと見やって感嘆の口笛を吹く。

装備として、こういったスーツ類も用意されているのだが、今室塚が着ているパーティスーツは、そう言うアナスタシアが見つくろったものだ。

昼間、昨日の約束どおり、アナスタシアのためにパスタランチをつくり、彼と向き合って食べ、食後のエスプレッソは自分が淹れると言い出したアナスタシアの申し出を臨機応変の四文字とともに呑み、スイッチオンであとは器械まかせとはいえ、チェーン展開しているコーヒーショップで飲むものとは比較にならない味わいの一杯に舌鼓を打っていたとき、予定外の来客の知らせがフロントから上がってきたのだが、それがオーダースーツを扱うテーラーの配達だったのだ。

アナスタシアからの注文を受けて、超特急で仕上げたという一着は、当然アナスタシアのためのものだろうと思っていたら、届けられた品を、彼は室塚にあてがった。そしてテーラーともども、満足そうに頷いたのだ。

「部下には、馬子にも衣装と思われてそうですが」

差し出されたシャンパングラスを断って、形ばかり烏龍茶《ウーロン》のグラスを手にしながら返す。

ホテルを出る前、身支度を整えてアナスタシアの隣に立った室塚を目にした紅一点以下部下たちは一様に、微妙に引き攣った顔で上司を見た。笑いたいのを、必死にこらえていたのだろう。

「まさか。似合ってるから、びっくりしていたのさ」

パーティ会場に集うご婦人がたが、さきほどからちらちらとこちらに視線を寄こしているが、それはアナスタシアの存在が傍らにあるからであって、自分などでかくて邪魔だと思われこそすれ、眼中にないはずだ。

「どのみち、吊るしのスーツじゃ、合わないだろう？」

一流テーラーの腕がもったいないと言う室塚に、どのみちオーダーものしか着られないのだから同じだと返してくる。

「それはそうですが……あなたのようにはいきませんので」

不躾《ぶしつけ》とわかっていながら、目の前の華やかさに目を奪われるままに、ついじっと見てしまう。

いつもはノータイにジャケットや、一流ブランドのカジュアルラインの軽装が多いアナスタシアが、今日は明るい色味のパーティスーツに身を包んでいるのだ。

豪奢な金髪と宝石のように透きとおったエメラルドの瞳と相まって、その艶やかさは尋常ではない。ご婦人方の注目も浴びるというものだ。とはいえ、どれほどセクシーなドレスで着飾ったレディといえども、アナスタシアの美貌にはかわないと思われる。

「見なおした？」

「ええ。とてもお似合いです」

似合っているかと訊かれたので、素直に頷く。

アナスタシアは、なぜか驚いた顔をして、それから「きみのそれは……」となにやら言いかけ、しかし「まいったね」と話を切ってしまった。

口許に浮かぶ照れたような笑みが、これまで目にした記憶のないもので、室塚もつられたように口許を綻ばせた。

綺麗な人間の綺麗な笑みを間近に見られるのは、この仕事の役得かもしれない。

「あいさつの必要のある方はいらっしゃいますか？」

「いらないよ。会場を一周したら帰る」

「よろしいのですか？」

「父の政治活動には興味がないからね」

そうは言いながら、こうして義理を果たしに出てきている。アナスタシアの言葉を額面どおりには受け取れないことは、もはやわかっている。

アナスタシアの果たす広告塔としての役目が、どれほどの経済効果をもたらし、彼の父親の政治活動にいかほどの影響を与えるのか、室塚にはかり知れないが、「興味がない」と言いながらも無視できない程度には、自分に求められる役目とその効果を、理解しているということだろう。

そもそもバッサーニ家はイタリア屈指の資産家だ。政治に興味はなくとも、たとえ前妻の子であっても、実父であるバッサーニ首相がその存在を認める限り、アナスタシアには首相子息というだけではなく家名がつきまとう。

こうした華やかな席に呼ばれるのも、世界的なモデルであり首相子息であり、そして名家の嫡子であり…と、彼が三つの肩書を持つがゆえ。アナスタシア・デュランがこの場にいた、という事実さえあればいい、と当人が冷めていたところで、実際にはそうは問屋が卸してくれない。

会場を一周したら……とアナスタシアは言っていたが、一歩を踏み出すより早く、目ざとく彼の姿を見つけた面々が、次々と声をかけてきた。

「やあ、アナスタシア、お父上はお元気かな？」

「ええ、おかげさまで」

おまえは誰だと言わんばかりの視線を寄こすパーティ招待客たちの視線を浴びながらも、室塚はアナスタシアの一歩後ろで彼の安全を確保する。

「日本で会えるなんて思わなかったわ！」

「それはこっちのセリフさ」

テンション高く抱きついてきた、化粧の濃い女性を受けとめて、キスとハグで返しながらも、そつなくすり抜ける。

「写真集の件、考えてくれたかい？」

「ヌードは勘弁してください」

どうやら有名カメラマンらしい髭面《ひげづら》の男の話すフランス語にはフランス語で返して、アナスタシアは取り合う気はないとばかりにカメラマンの脇をすり抜けていく。

ちなみに最初の中年男性とは英語で、二番目の派手な女性とはスペイン語で話していた。適当に話を合わせているのではなく、ちゃんと相手の名前もプロフィールも頭に入っていることが、短いやりとりからも感じ取れて室塚は驚いた。

政治家向きかどうかはわからないが、少なくとも代々つづく家の当主たる資質は充分に備えているのではないか。もしかすると、幼い時分には、そうした特別な教育も受けていたのかもしれない。

だとしたら、彼がバッサーニ姓ではなくデュラン姓を名乗るようになってからも、父親のバッサーニ首相が何かと気にかけているという話もわかる。

アナスタシアは、周囲を気にする様子もなく大股にボールルームを横切っていく。だというのに、それを追いかけるように、次々と声がかかる。それらひとつひとつにそつなく返しながらも、彼は帰るタイミングをはかっているようだった。

この調子だと、予定よりかなり早く切り上げることになりそうだ。

時間を確認しつつアナスタシアの一歩後ろを歩いていた室塚は、聞き覚えのある声が「アナスタシア」と呼ぶのを聞いて、思わず足を止めた。

ボールルームからテラスに出たところで、夏の湿気にぼんやりと滲む月を見上げていた男が、シャンパングラスを軽く掲げてアナスタシアを呼ぶ。室塚は、アナスタシアを呼びとめた紳士の傍らに立つ痩身のほうに、目を留めた。

しばらく前に依願退職という名の免職になった元同僚が、SP時代とは比べものにならない華やかないでたちでそこにいた。もともと目をひく容貌をしていたが、民間に出て地味につくる必要がなくなったのだろう。それとも、雇い主の趣味だろうか。

「Herr.《ミスター・》 Woerner《ヴェルナー》、日本には出入り禁止になったと聞きましたが?」

さすがは世界的に名を馳《は》せる名家同士、面識があるらしい。アナスタシアが、極上の笑みとともに差し出された手を軽く握り返す。

「どこの誰だい、そんな心ない噂話を流すのは」

軽い口調で返す男も派手な容貌をしているために、薄明かりしかないはずのテラスが、ふいに明るくなったかのような錯覚すら覚える。いや、アナスタシアとレオンハルト、ふたりの金髪が月光を弾いているせいかもしれない。

レオンハルト・ヴェルナーは、ドイツの貴族の流れを汲《く》む名家の当主であり、世界規模で事業を展開させる実業家でもある。そして、しばらく前に来日した際、室塚の班がアドバンス部隊として警護にあたった人物でもあった。

そのときに、少々面倒な事態が起きて、結果的に近接警護にあたっていた元同僚――今レオンハルトの横に控える氷上秀《ひかみゆう》が、その責任をとるかたちで警察を辞めていた。

それもあって、室塚にとってもレオンハルト・ヴェルナーは、忘れることのできない人物だ。

室塚がそれとなく視線を向けると、氷上は周囲を憚《はばか》るように目礼を寄こした。

「きみこそ、こんな時期に出国していていいのかな？」

「こんな時期だからですよ。放蕩《ほうとう》息子は政治活動の邪魔になるようですから」

世界的に有名な実業家であるレオンハルトとも、臆することなく言葉を交わす。その姿は実に堂に入ったもので、アナスタシアの存在が常になく大きく感じられた。

アナスタシアとレオンハルトでは、だいぶ歳が違うが、その差を感じさせない。生まれ持った資質というのは、こういう場面でさりげなく発揮されるものなのだろう。

「その節はどうも」

室塚に気づいたレオンハルトが、先の警護活動にはいっさい触れることなく、しかし知り合いであることを周囲に伝える言葉を口にする。

それを聞いたアナスタシアに、驚く様子はない。SPが民間人を警護する状況があるとすればいかなる事態か、彼には想像可能なのだ。つまりは、レオンハルトの事業に関しての情報を持っているということだ。

「ご無事でなによりです」

室塚は、レオンハルトの傍らにちらりと視線をやって、そして返した。

氷上のいまの肩書は、レオンハルトの私設ボディガード。四六時中レオンハルトとともにあって、彼の身を守っていると聞いている。

氷上のほうも、アナスタシアが室塚の今のマルタイであることも、彼が何者であるかも、即座に理解したようだった。

「彼が傍にいてくれる限り、私は不死身だよ」

芝居がかったセリフを横で聞かされた氷上が、滑らかな眉間に皺を寄せる。けれど、その口から不服が紡がれることはない。

表向き依願退職扱いになっていて、元同僚たちはだれもが、氷上が退職した経緯に不満を抱いているが、室塚にはその裏にある事情が見えていた。辞める直前、暗にそれを指摘した室塚に、氷上はなにも言わなかったが、単に上からの命令に従っただけではない、裏の裏にある事情が、今になって透けて見える。

「ずいぶんと美しい守護者を手に入れられたようで、うらやましい限りです」

「きみも手にすればいい。自分だけの守護者を」

傍に置くボディガードの美貌を称賛されたレオンハルトは、満足げに……いや、自慢げにそう応えた。

「私にそんな資格はありませんよ」

アナスタシアが、肩を竦めて苦笑する。世界経済を左右する実業家と同じにはいかないと、軽い口調で言葉を足した。

「何を言う。いずれバッサーニ家はきみが継ぐのだろう？」

レオンハルトのその言葉は、室塚にやはり……という印象を与えた。レオンハルトほどの実業家の目にも、アナスタシアの資質は明確なものなのだろう。

だがとうのアナスタシアは、まるで興味ない顔で、「お間違いのないように」と言葉を返す。

「私はアナスタシア・デュランです。バッサーニではない」

自分はモデルでタレントのアナスタシアであって、生物学上どうであれ、もはやバッサーニ首相の息子ではないと言う。

「まぁ、そういうことにしておこう」

レオンハルトは愉快そうに口角を上げて、手にしたシャンパンを呷る。

「事業に興味がないのはわかっているが、研究のほうは？　もう大学には戻らないのかい？」

その指摘に、アナスタシアは「チャンスがあれば」と曖昧に返す。物理学分野で、なにかしらの研究テーマを持っていたのだろうか。

　気づけば、パーティ招待客たちが、言葉を交わすアナスタシアとレオンハルトを、遠巻きに取り囲み、興味深げな視線を注いでいる。

　ただでさえ目立つ容貌のふたりだ。そこに華やかな肩書が加われば、衆目を集めないわけがない。二倍ではなく二乗の効果だ。

「経済界にも物理学界にも戻る気がないのなら、来年オープン予定のリゾート施設のイメージキャラクターに――」

「自分がやったらどうだい？　セレブマダムが世界中から大挙して押し寄せると思うよ」

　レオンハルトの言葉を遮って、そこで話を切ってしまう。レオンハルトは気分を害した様子もなく、小さく笑って頷いた。

「その気になったら、いつでも連絡してくれ」

　それだけ言って、氷上を促し、背を向ける。レオンハルトの一歩後ろを歩く氷上が、チラリと視線を投げてきて、室塚は小さく頷き返した。

「日本警察のSP選抜基準に、ビジュアルが含まれていたなんて、はじめて知ったよ」

　ふたりの姿が招待客の波の向こうに消えたのを見計らって、アナスタシアはまじまじと室塚の顔を見ながら、そんなことを言う。

　氷上がどういう経緯でレオンハルトのもとにいるのか、知っている口ぶりだった。室塚が問う視線を向けると、「世界は存外狭くてね」と含みの多い笑みを口許に刻んだ。

「彼のおかげで、早くすんだ」

レオンハルトと一緒にいたことで、短い時間で周囲に自分の存在を印象づけることができた。さっさと帰ろうと、ボールルームを大股に横切っていく。

だが、会場を一歩出たところで、「あ」と声を上げて足を止め、「失敗したなぁ」と呟いた。

「なにか？」

問題でもあったかと問うと、アナスタシアは少し考えるそぶりをして、それから「女の子、調達してくるの忘れた」などと言う。

「……は？」

「あとくされなさそうな子、二、三人見つくろってこようかと思ってたんだけど、レオンハルトとあの綺麗な彼にあてられて、すっかり忘れてしまったよ」

「そういうことは……」

立場を考えてやってほしい……と、苦言を呈する前に、さらにとんでもない言葉が重ねられる。

「警備上、問題ない女の子って、調達可能なの？」

警察に、そういうコネはない。ない……と、思いたい……。実際はあるのかもしれないが。

「いえ……」

なるほど。こういう軽さだから、パパラッチの餌食になるのだと、胸中で長嘆をつく。だが、あまりにカラッとしているために、本気に思えないというか、子どもが口にする冗談にしか聞こえない。

するとアナスタシアは、さらに冗談にしか聞こえないことを言い出した。

「シュースケが相手してくれるなら、ボクはそれでもかまわないけどね」

ふいに無線の向こうから、息を呑んだり噴き出したりする雑音が重なった。鼓膜に響いて、思わず眉間に皺を寄せてしまう。

室塚のその反応をどう受け取ったのか、「そんなに嫌そうな顔されると傷つくなぁ」と、さらに茶化した口調で言う。

「……自分にそういう趣味はありませんので」

「そうなの？」

それはいったいどういう意味なのか。

「さっきの彼が警視庁にいた間は、なにもなかったの？」

「……？　氷上、ですか？」

まさか……と返すと、「へぇ……」と、驚いたような興味深そうな呟き。

「意味ありげな視線を交わしてるから、レオンハルトに奪われたのかと思ったけど、そうじゃなかったんだ」

それはいったいどういう誤解だ。

「……。氷上はただの元同僚です」

そう返しながらも、室塚の内では、ひとつ合点がいっていた。

「氷上がミスター・ヴェルナーと？」

思わず呟いて、だから彼は、あんなに晴れ晴れとした顔で警視庁を去ったのかと、いまさら納得する。

気づかなかった自分が鈍いのか、それともアナスタシアが敏《さと》いのか。たぶん両方だろう。

「そういうことでしたか……」

元同僚の依願退職に際して、公安外事課の鎖がついただろうことは予測していた室塚だったが、そちらのほうはまったく気づいていなかった。幼馴染《おさななじみ》で大学時代の同級生だったと、聞いてはいたのだが……。

「シュースケ、別れた奥さん、どうやって口説いたの？」

それでよく結婚に漕《こ》ぎつけたものだと言われて、室塚はさすがにヒクリ…と口許を引き攣らせた。

「同じ質問をすでに百回はされたと記憶していますので、ご勘弁ください」

苦虫を噛《か》み締めつつ返す。今ごろ無線の向こうでは、部下たちが必死に笑いをこらえていることだろう。

「あとで、州嘉さんに訊くよ」

紅一点に教えてもらうと言って、大股にロビーを横切る。エントランスの車寄せには、すでに車がまわされているはずだ。

迎えの車に乗り込むと、室塚がドアを閉めるより早く、アナスタシアが手を伸ばしてきた。胸倉をぐいっと摑んで引き寄せられる。

「ボクなら、シュースケと別れたりしないのに」

視界いっぱいに、エメラルドの瞳。そこに愉快げな色が過るのを見て、室塚は胸中でひとつ嘆息した。そして、襟元を摑む手をやんわりと払う。

「反応なし？　つまんないなぁ」

助手席に乗り込むと、後ろからそんな呟きが届いた。ステアリングを握る部下が微妙な顔でハラハラと成り行きを見守っている。

その問いたげな視線を。「運転に集中しろ」のひと言で払って、室塚は視線をフロントに向ける。バックミラー越しに後部シートを確認すると、それに気づいたアナスタシアが、薄暗い車内にあっても透明度を感じる、宝石のような緑眼を細めてみせた。


パーティの喧騒から逃れるように、静かなレストルームに避難したレオンハルトと菁は、天井まである一枚ガラスの窓から、日本の夏特有の湿度による靄《もや》のかかった月を見上げながら、よく冷えた白ワインに舌鼓を打つ。

「さすがはバッサーニ家のカンティーナ《ワイナリー》だ。フルーティかつ繊細で、喉越しがいい」

ボーイに運ばせたグラスはひとつだ。ボディガードである莠が呑むわけにはいかない。だが、そのグラスを、レオンハルトが莠に差し出してくる。そして、傍らに立つ莠の腰を引き寄せた。

「これは、彼が？」

抗《あらが》わずレオンハルトの好きにさせながら、シャンデリアにかざしたグラスを覗く。シャンパンカラーの美しい白ワインだ。

「アナスタシアは広告塔だよ。彼が着て歩くだけで、バッサーニ傘下のファッションブランドの売り上げが上がる。彼がレストランでオーダーしたと噂が広がるだけで、カンティーナからその年のワインが消える」

彼が流行をつくるだけでなく、経済をも動かすのだというレオンハルトの説明に、莠は「すごいな……」と素直な感嘆を零した。同時に、そんなマルタイの警護はさぞ面倒だろうと、室塚の置かれた状況を思う。

「本当は、白衣を着て研究室にこもっているほうが好きな、火薬オタクの物理学者だ。派手な見た目も言動も、パフォーマンスでしかない」

「火薬？」

莠が目を丸くすると、レオンハルトは「爆弾魔じゃないから、心配しなくていいよ」と、愉快そうに笑った。

ますます元同僚の置かれた状況が心配になるではないか。

するとレオンハルトが、滑らかな眉間に深い渓谷を刻み、澄んだ碧眼《へきがん》を眇《すが》める。そして、不服げに言った。

「許しがたいな。私以外の男の身を案じるなど」

「……バカ」

そんなんじゃない、と引き寄せる力に抗わず、レオンハルトの膝に横座りする。手にしていたグラスを安全のためにテーブルに置いて、そして拗ねた色を滲ませる碧眼を間近に見やった。

「室塚の生真面目さが裏目に出なければいいと思っただけだ」

「それは、彼がアナスタシアに絆される、って意味かい？」

「……いや……」

そういう意味では……と返そうとして、莠は言葉に詰まった。

あの無骨な室塚に、自分たちの関係がばれているとは思わないが、含みの多い発言といい、アナスタシアには確実に気づかれていた。

「彼に、話したのか？」

「まさか」

即答されて、疑念が深まる。莠は、青の瞳をじっと見やった。

「……」

「……」

見つめ合うことしばし、根負けしたのはレオンハルトだった。

「本当だ。ああ見えてアナスタシアは、とても頭のまわる男なんだ」

あの短いやりとりの間に、いくつかの情報を統合して気づいたのだろう、と言う。萼は彼の口から室塚に漏れなければいいが……と、ひとつ嘆息した。


パーティ会場をあとにして一時間ほど後。

ホテルの部屋に帰りついたタイミングで、携帯端末がメールの着信を知らせて鳴った。表示される送り主名を見て、アナスタシアは眉間に皺を刻む。

「なにか？」

不測の事態でも起きたのかと、室塚が気遣う。アナスタシアは、携帯端末の電源をOFFにして、それをソファに放り投げた。

「選挙戦の話」

たいした用件ではないと返す。

「イタリアのお父上からですか？」

「秘書から。選挙戦を見越してのテレビ出演が決まったから、スキャンダルにはくれぐれも気をつけて、日本で静かにしてろって」

そもそものための訪日だ。アナスタシアを広告塔として利用するだけしておきながら、状況が変われば邪魔だと言って放りだす。

「政治家が百パーセント、マフィアと繋《つな》がった国で、なにがスキャンダルだか」

マフィアとの癒着より、下世話な話題のほうが、選挙の足を引っ張るというのか。過去には、若い恋人を連れ歩くような首相が何期にもわたって政権を維持しつづけた国の有権者が、その程度のことに動じるものか。

「状況如何《いかん》で、マフィアが敵にまわる可能性がある、ということですか？」

室塚の眼差しが鋭さを増して、アナスタシアは生真面目なSPに、「心配ないさ」と軽い口調で言った。

「なにかあったとして、狙われるのは父上であってボクじゃないし、極東くんだりまで殺し屋を送り込むほど、やつらも暇じゃない」

日本のヤクザと違って、マフィアの基本は皆殺しだ。不興を買えば、家族にまで類が及ぶ。

だが、日本のヤクザが、任侠《にんきょう》道を捨てて経済ヤクザへと変貌したように、イタリア・マフィアの世界も昔とは変わってきている。

以前はあたりまえだった政治との癒着も、最近では実際はどうあれ、表向きはないことにされている。もちろんアナスタシアの父も、非社会的組織との付き合いはないと明言している。――が、そんなわけがない。でなければ、イタリアで事業など成り立たない。

だからアナスタシアは、いかに父が望もうとも、政治はもちろん、バッサーニ家の事業にも興味を示したことはなかった。自分の働きがマフィアの収益になるなど、冗談ではない。

完全に縁を切らず、広告塔として使われるのをよしとしているのは、それが母の望みだからだ。たとえ夫婦の縁が切れたとしても、親子の縁は切れないし、切るべきではない、というのが母の考えだった。

「なにがあっても自分がお護りします。ですから、そんな言い方はなさらないでください」

アナスタシアを諫めるように、室塚が苦言を呈してくる。

「そんな？」

反射的に問い返したのは、室塚の眼差しを厳しくさせるようなことを言った自覚がなかったため。

怪訝な視線を向けるアナスタシアに、室塚は噛んで含めるように言葉を足した。

「そんな投げやりに、なんでもないことのように、重要事項を語らないでください」

もっと大騒ぎをして、SPの数を倍に増やせと日本警察に打診しろとでも？　と考えて、つい笑いを零すと、室塚の眉間の皺が深さを増した。

「Signor Duran、あなたのいけないところです」

最初は四角四面なことしか言わなかったのに、これではまるで家庭教師だ。アナスタシアは、そんな関係を望んではいない。

「あなたの命は、あなた自身にとってはもちろん、お父上にとっても、それから我々にとっても、決して失われてはならない大切なものです」

置かれた状況を、もっと重く捉えるべきだと言う。長年SPとして数多くの要人警護を経験して、さまざまな危険にも曝された経験を持つ、室塚だからこその言葉だった。ようするに、ひねくれたことを口にするな、と言いたいわけだ。

別れた元妻をいったいどうやって口説いたのかなどと、訊いた自分はバカだ。室塚は、計算ではなく、相手の欲しい言葉を、ごく自然に言うことができる。それは彼の本質がやさしいからだ。

だが、計算がないがゆえに、性質が悪いとも言える。

「そんなセリフ、いつもマルタイに言ってるの？」

「……は？」

何を言われたのかわからないといった表情で、室塚が訊き返す。精悍な眉の下の黒い瞳が、戸惑いに瞬いた。

こんな表情に、女性は母性本能をくすぐられるのだろう。

州嘉と名乗った女性SPが室塚に向ける視線は、女としてのものではなく、子を持つ母の眼差しだ。頼りになるのに、どこか頼りない、上司を案じる空気が、隊内に満ちている。

そんな人間関係をうらやましく感じる。金に目が眩《くら》んで、自分を大学から追いやった教授とは大違いだ。

アナスタシアの父は、息子が派手な業界に身を置くことには賛成でも、学者になることには反対だった。父が否と言えば、イタリア国内のみならず欧州の大学に居場所などない。

「いいかげん、名前で呼んでほしいね」

寄こされた不服に返す言葉を失った様子で、室塚が唇を引き結ぶ。

彼には譲れない一線なのだろう。その一線を越えたい、越えさせたい欲望を、身の内にたしかに感じる。

距離をはかって手を伸ばすと、指の背が滑らかな頬に触れた。

「……？　あの……」

困惑を深めた黒い瞳が、その中心にアナスタシアを映す。だが、振り払われることはない。

しかしそれは、享受ではなく寛容だ。

彼の意志はなく、任務だ。

それこそが不服だと言ったら、生真面目な男はどんな反応をするだろう。

眉間の皺が深められるさまを想像して、アナスタシアは小さく笑った。

「花火、見たいな」

窓から望める星空を見上げて呟く。

室塚の眉間の皺が増えなかった代わりに、黒い瞳に浮かぶ困惑が、濃さを増した。

夏の間、日本各地で行われる花火大会の数など、数えている人間がいることのほうがビックリだ。

しかも、日本のマニアならともかく外国人で、物理学の学位を持つ首相令息ときた。

ホテルの部屋から隅田川《すみだがわ》の花火大会を鑑賞する予定になっていたところ、近くで見たいと言いだし、人出を考えたらとてもではないが許可できないと返すと、なら地方の花火大会はどうかと提案を寄こした。

たしかに、そういう手もあると、最初に教えたのは室塚だが、それは今日明日どうにかできるものとしての提案ではない。

アナスタシアも、それは理解していたはずだ。なのに、なぜ急に無茶を言いだしたのか。

「花火でしたら、この部屋から見られます」

そのために用意された部屋でもあるのだ。

「火の粉が降りかかるくらい近くで見たいんだ」

満員電車に乗ったこともなければ、バーゲンセール会場に足を踏み入れたこともないだろうアナスタシアに、花火大会の混雑が耐えられるとは思えない。そういう室塚も、バーゲンセールに参戦した経験はないが……。

「日本は狭い国なんです」

「……？　そうだね」

「どこへ行っても、混雑は避けられません」

するとアナスタシアは、「そうなの？」と目を丸くしたあと、「みんな花火が大好きなんだね」とニッコリ。

「シュースケは、花火は嫌いかい？」

「……いえ」

室塚は、それ以上の諫める言葉を失った。

地方だろうと、花火大会の人出の多さにさほどの差はない。問題は花火大会の規模だ。

とはいえ、どうせ見るなら、小規模の花火大会では意味がない。打ち上げ数も尺玉のサイズも、とびきりの花火大会を選ばなければ、見応えがない。

そんなことを考えている時点で、アナスタシアの希望をかなえる気満々でいることは明白なのだが、部下に指摘されるまで、室塚はそれに気づけなかった。

「警護計画書は私が作成します。よろしいですか？」

断り方を考えているのではなく、いかに安全にアナスタシアを花火大会に連れ出すかと考えているのだろうと州嘉に言われ、だったら早急に警護計画を立てなければいけないと指摘される。

「日本一の花火大会を、おふたりでどうぞ」

どうせアナスタシアは室塚しか連れ歩かないのだろうし、フォローに入る班員たちも、アドバンス部隊も、花火を堪能できる可能性はほぼゼロだという、恨めしさが透けて見える。そうは言いながらも、「おふたりの身長に合う浴衣なんてあるかしら」と、彼女はどこかへ電話をかけはじめる。

数時間後には、この週末に、地方のさる清流河畔《かはん》で行われる花火大会の観覧計画案ができ上がっていた。

3

アナスタシアの希望に沿うかたちで手配されたのは、山間を流れる清流河畔で行われる、全国的知名度はさほどではないものの、打ち上げ数等の規模では上位にランキングされるという、地元新聞社主催の花火大会だった。

鵜飼《うか》いでも有名だという一級河川の河畔には、こぢんまりとした旅館やホテルが立ち並ぶ。花火の時期だけは一年前から予約で客室が埋まるというが、それ以外の季節に観光客でにぎわうことなどあるのだろうかと思わされる、鄙《ひな》びた田舎町だ。

それにしても、この時期によく旅館の予約がとれたものだ。当然、権威を振りかざしたわけではなく、たまたまキャンセルが入った直後だったらしい。その代わり、SPの宿泊にも平均より上の部屋しかとれなかったというが、警備上必要とあればいたしかたない。

地方の規模の小さな宿泊施設は、警備しやすい一面もあるが、一方でそもそものセキュリティ対策が甘い場合も多い。著名人の宿泊など端《はな》から想定していないのだから当然だ。

それでも昨今は、さまざまな事件が起こるのもあって、どうにかしようという気持ちはあるのだろう、警備に対しては協力的だった。もちろん、従業員や出入り業者の身元にも、事前にチェックが入っている。

同時期に宿泊する客に関しては、プライバシー保護の問題もあり、犯歴がなければ、それ以上の追及はされない。万が一、前歴者リストにヒットした場合は、公安部が確認に動く。

田舎ではとくに、仰々しいほうが警備の効果は高い。遠巻きにして、近寄ってこないからだ。妙な好奇心など出さず、近寄らないでほしいというのが、室塚たちの本音で、それは警備がしやすいという意味だけでなく、無関係の市民が事件に巻き込まれる危険を減らすことにも繋がる。

案内された部屋は広く、五、六人の家族連れでも充分に泊まれるだろう。三間つづきの、純和風のつくりだ。檜《ひのき》の露天風呂もある。

障子《しょうじ》を開け放てば、ガラス窓の向こうに一級河川の流れと、山頂に城塞《じょうさい》あとの残る山の風景。河川敷を仕切って、花火の打ち上げが行われる。つまりは、目の前に花火が打ち上がるのだ。

アドバンス部隊による検索洗浄を終えた部屋に足を踏み入れて、その光景を目にしたアナスタシアは、「素晴らしいね」と、満足気に言った。それだけで、準備に奔走した労が報われる。

畳に腰を下ろして、その感触をたしかめ、竿縁《さおぶち》天井と彫刻欄間《らんま》の細工の緻密《ちみつ》さと襖絵《ふすま》の素晴らしさとに言及する。

「風情があっていいね。ホテルの殺風景さには飽き飽きしていたんだ」

超一流ホテルのスイートルームを殺風景と言い放つ。その感覚に、胸中で苦笑を零しつつ、室塚は

「気に入っていただけましたか」と、茶箱に手を伸ばした。

隣室はSPの控室になっており、館内にも駐車場にも部下が配置されているが、この部屋はアナスタシアと室塚のふたりで使うことになっている。

室塚にしてみれば、広すぎて落ちつかないことこの上ないが、アナスタシアが気に入ったのならそれでいい。

「とても気に入ったよ。ありがとう」

座椅子を興味深げに観察し、床の間の掛け軸を見やり、そして窓から眺められる山並みの景色に目を細めて言う。

「こちらの宿はその昔、チャールズ・チャップリンもお忍びで訪れたことがあるそうです。ずいぶんと気に入って、長逗留《とうりゅう》していたそうですよ」

「へぇ……」

長閑な田舎の空気が、華やかな世界に生きる人の疲れた心身を癒したのだろう。宿のロビーにも古い写真が飾られていた。

「畳に寝転がると、気持ちいいですよ」

長時間の移動で疲れただろうと気遣うと、アナスタシアは言われたとおりに、座椅子を押しやって、長い手足を畳に投げだした。

「ああ……本当だ」

畳の間は寝転がって過ごすに限る、というのは室塚の個人的な価値観だが、多くの日本人が同じことを思っているに違いない。

「日本という国は、本当にワンダーランドだ」

うっとりと言って、緑眼を閉じる。深呼吸をして、金色の睫毛を瞬かせ、ゆっくりと瞼を開けた。

このままウトウトしてしまいたい気持ちは、室塚にもわかる。温泉旅館など、仕事で来たい場所ではない。これがプライベートなら…と、SP全員が思っているだろう。

「シュースケも一緒に」

手を伸ばされ、スーツの袖口を摑まれて、茶を入れる準備をしていた室塚は、湯と割れものを気遣った隙に、思いがけず強い力で引っ張られてしまった。

「……っ、危ないですよ」

慌てて畳に手をついて、アナスタシアの整った相貌を、間近に見下ろす。

畳に散った金髪が、窓から射し込んだ陽に煌《きら》めいている。透けるような金色の睫毛に縁取られた緑眼は、緑の山並みの色を映しとったかに澄んで見えた。

「まさか、その恰好で花火見物に行くつもりじゃないよね？」

言いながら、室塚の胸元に手を這わせてくる。ネクタイを摑んで引き寄せ、「暑くないの？」と訊いた。

「浴衣をご用意していますが……」

「シュースケも？」

「……いえ、自分は……」

見物客に紛れるためのアイテムとして必要だとの州嘉の提案で、一応用意はしたのだが、見物客の人出や河川敷の状況如何だ。銃器を所持する必要はなさそうだが、問題は下駄だろう。

「Signor Duran？　手を……」

お放しくださいと言う前に、さらに強く引かれて、支える腕に力を込める。

「着てよ。見たい」

「……」

戸惑いに瞳を瞬くと、吐息のかかる距離で、端整な唇が「楽しみだな」と呟いた。着るとは言ってないのだが……。

しなやかな腕が伸ばされて、室塚の首にかかる。

「Signor……」

体重がかかって、アナスタシアの背を支えた。起こせと言っているのだろうか。身体を引き上げると、そのまま室塚の肩に顎をあずけてくる。やわらかな金髪が頬をくすぐった。

「眠くなってきた」

「……はい？」

気持ち好すぎて眠い……と言って、今度はごろんっと横になる。そして、室塚の腿《もも》に頭をあずけてきた。

「あの……」

いわゆる膝枕というやつだ。畳の上に胡坐《あぐら》をかいた恰好で、室塚は戸惑いに目を見開いた。

「Signor Duran、困ります」

「名前で呼ばないと、起きないよ」

室塚が長嘆を零したときには、ずいぶんと寝つきがいいらしい、アナスタシアはスーッと寝入ってしまった。

「……」

唖然とすることしばし、綺麗な寝顔にひとしきり見入ったあと、室塚は身体の力を抜いた。無線で助けを呼ぶほどのことではないし、気持ち好さそうに寝ているのを起こすのも忍びない。自分もつられてウトウトしてしまいそうなのが、問題といえば問題だ。

やわらかそうな金髪が、白い頬に散っている。

無意識に手を伸ばしていた。やわらかな髪をすいて、隠れていた白い顔を露わにする。そこまでしたあとで自分のしたことに気づき、思わず己の手をまじまじと見てしまった。

そして、ひとつ嘆息。

まったく振りまわされていると、自覚はあるのだが、果たしてどうしたものか。これまで多くの要人の警護を担当してきたが、こんなことははじめてだ。

氷上が辞める直前、ミスター・ヴェルナーの警護についていたとき、さぞ大変な思いをしているだろうと、一歩引いた場所で観察していた。

だが彼は、存外と振りまわされる自分を楽しんでいたのかもしれないと、いまさらながらに想像する。マルタイと特別な関係にあったのならなおのこと、彼を護れるのは自分だけだとの自負もあっただろう。

先日のパーティの席で、氷上が今現在己の置かれた状況に納得していることが伝わってきた。たったひとりの人間を護るために存在する、彼のような生き方もある。

翻《ひるがえ》って、自分は今、なにをしているのか……。

いま、膝に乗る体温も、信頼の証《あかし》ということか。

花火見物のために、夕食は少し早目の時間に設定されている。それまでは、のんびり昼寝も悪くない。自分は昼寝を堪能するわけにはいかないが、常に緊張を強いられる身としては、入道雲の浮かんだ夏空と田舎の風景を眺めていられるだけでも貴重な時間だ。

「花火、か……」

警護任務中に、ホテルや料亭などから眺めることはあっても、ちゃんとした花火見物など、久しくした記憶がない。警備部に配属される以前、交番の立ち番をしていた若いころに、同期の連中と見物に行った記憶があるが、もしかするとあれ以来かもしれない。

あのときは……と考えて、下からの視線に気づく。

室塚の膝に頭を乗せた恰好で、アナスタシアがエメラルドの眼差しを開いていた。

「お目覚めですか」

時計を確認すると、小一時間が過ぎていた。

「空を見上げて、何を考えていた？」

まだ眠気を孕んだ甘く掠《かす》れた声が尋ねる。膝の上でもぞり…と頭を動かされて、くすぐったさに首を竦めた。

「昔、花火見物に行ったときのことを」

たいした話ではないと返すと、「彼女と？」と、興味深げに訊かれる。室塚は、「だったらいいのですが」と苦笑で返した。

「そんな色っぽい話ではありません。同期の連中とです。最初は普通に花火を楽しんでいたんですが、途中でひとりがチンピラに絡まれている女性のグループを助けまして……それがテキヤと繋がってる連中で、組関係のやつらが出てきて、最終的に大捕り物になってしまって……人助けをしたつもりが、上司には大目玉を食らうし、マル暴の刑事には余計なことをするなと怒鳴られるし……散々な目に遭いました」

常になく話している自分を不思議に思いつつ、室塚は警察官になりたてのころの、いまとなっては笑い話でしかない思い出を語った。

「最初に女性を助けたひとりって、シュースケだろう？」

言われて、室塚はゆるり…と目を瞠った。

「なぜ、そう思われるのです？」

「困っている人を放っておけない。頼られれば嫌と言えない。シュースケはそういう人間だ。だからいまも、ボクを放り出せないで、膝を貸してくれている」

それとこれとは別の話だと思うが……。

「若気の至りです。そんな大層な話ではありません」

あのとき怒鳴られたマル暴の刑事は今、組織犯罪対策課の課長になっていて、たまに顔を合わせれば、いまだにあのときのことを茶化される。そして、警護課に飽きたら組対《そたい》に来いと、毎度勧誘されるのだ。

「マル暴って、イタリア警察のマフィア対策課のようなものだろう？　シュースケが？」

似合わない……と言われて、室塚は「それ以前に、捜査刑事の経験がありませんから、無理でしょう」と返す。

交番勤務後機動隊に配属になって、いくらもたたないうちにSPの選抜試験を受け、警護課に移った。だから室塚には、事件捜査にあたった経験がない。同じ警察組織に属していても、警護課は捜査課の刑事たちとはまるで別の畑なのだ。

「夕食は、少し早目の時間にお願いしています。そろそろ起きてください」

食事の前に温泉に浸《つ》かって汗を流してもいいし、宿の食事に舌鼓を打ったあとで、温泉を楽しんでもいい。

「一緒に入る?」

男のSP相手にセクハラしたところで面白くもなんともないだろうと返す。

「切り返しが早くなったね」

困った顔が見たいのに……と言われて、好きな子を苛《いじ》める小学生のようだと、胸中で笑った。

「いま寝ると、夜寝られなくなりますよ」

「子どもじゃないよ」

子どもみたいなものではないかと思いつつ、そっと肩を揺する。その手に、白い手が重ねられた。

手を絡められて、しかたなく背を支えて引き上げる。この甘ったれ具合のどこが、子どもじゃないと言うのかと、可笑しくなった。

またも室塚の肩に顎をあずけて、背にまわした手でしがみついてくる。

「この体勢のまま、寝ないでください」

「それもいいね。特等席だ。それに――」

声がさらに近くなる。吐息が耳朶《じだ》にかかった。

「これだけくっついていれば、完璧にボクを護れるだろう?」

そう言われて、室塚のプロ意識が刺激された。

「離れていても、完璧にお護りします」

だから安心して、露天風呂も花火も、楽しめばいい。日本での時間を、本国の騒々しさを忘れてのびのびと過ごせばいい。

「あなたをお護りするために、自分はここにいます」

口先だけではなんとでも言える。だが、室塚は本心からそう思っていた。

「頼もしいな」

小さく零れる笑み。

顔が上げられて、すぐ間近にあるエメラルドの瞳が、その中心に室塚を映す。本当に宝石のようだと、胸中での何度目か感嘆を零して、その色に見入った。

「周佑」

吐息とともに紡がれる自身の名が、これまでとニュアンスを違えて聞こえる。なにが違うのか……と、怪訝さに瞳を瞬くと、目の前にあるエメラルドの瞳が、ふっと細められた。

そこへ、ノックの音。

室内は純和風だが、部屋の出入り口は、鍵のかかるドアで廊下と隔てられている。

『失礼します』

廊下から届いたのは、州嘉の声だった。

『お食事のご用意をさせていただきます』

次いで仲居が、訪問理由を告げる。

数度の瞬きで現実に立ちかえった室塚は、そっとアナスタシアの身体を放して、応対に出る。覗き穴から外を確認して、ドアを開けた。

「どうぞ」

州嘉に目配せし、お世話になります、と仲居を室内に招き入れる。

三間つづきのうちの一部屋に、夕食の膳が整えられていく。

この宿のウリは、目の前の清流で釣れる天然の川魚と、地元の銘柄牛、指定農家から仕入れる新鮮な野菜、そして水の美味しい土地ならではの地酒。

朝食には、釜炊きの白飯と地鶏《じどり》の卵、手前味噌の味噌汁が出され、客の評判もいいと、ベテランの仲居が、夕食の膳を整えながら説明してくれた。

「なにか飲まれますか？」

「地酒の美味しいの、呑みたいな」

銘柄は任せ、アナスタシアの希望で冷やをオーダーする。なにも言わなくても、届けられた盆にはガラスの猪口《ちょこ》がふたつ載っていた。

室塚が酌をすると、アナスタシアが返そうとするので、「自分はお付き合いできません」と辞退する。「つまらない」と不貞腐れた顔をされてしかたなく。その代わりに食事は一緒にとると言うと、アナスタシアは嬉しそうに微笑んだ。そして、テーブルに並んだ美しい懐石料理に目を瞠った。

「はじめて見るものがたくさんあるよ」

一流料亭で出されるものとは、また趣が違う。地元の食材の良さを知る料理長が、田舎料理のテイストを盛り込んだ料理には、滋味がある。

「清流魚は、鮮度が命ですから。地元ならではの調理法があるのでしょう」

新鮮な川魚は臭みがないという仲居の説明どおり、お造りにしても淡泊で旨く、炭火で焼いた塩焼きは格別だ。

地元の銘柄牛は陶板焼きにされ、新鮮な夏野菜を使った料理には、和食にこだわらない調理法も柔軟に取り入れられている。

まだ明るいうちからの温泉宿の夕食では雰囲気が出ないが、花火大会がはじまったころに陽が暮れはじめるのだから今日だけはいたしかたない。

生ものを避け、脂身の多い肉も避け、水分も控える室塚の膳は半分も減っていなかったが、アナスタシアは指摘しなかった。室塚の酌で地酒に舌鼓を打ち、大半の料理を胃におさめる。室塚自ら、食事に付き合うと言ったことで、納得したのかもしれない。

食後のデザートのスイカは、花火見物後にいただくことにして、少し早目に出かける準備をはじめる。

SPたちはおのおの、私服のカジュアルな恰好に着替え、見物客に紛れて周囲を固める寸法だ。

州嘉が、胸元の大きく開いたタンクトップに半袖のカーディガンといった軽装で、着つけをしてくれる宿のスタッフを連れて現れると、同僚ＳＰの間から、感嘆なのか驚愕なのか不明などよめきが上がった。

「まぁまぁ、おふたりとも背が高くていらっしゃるから、きっと映えますよ」

よくこの幅の反物がありましたねぇ……と、仲居頭だという中年の女性は、衣桁《いこう》にかけられた二枚の浴衣を見比べながら言う。

小物類まで色柄を合わせて一式揃えられているそれらは、どちらも本麻を使った近江《おうみ》ちぢみの逸品だが、片方が白っぽい色合い、片方が濃紺の地で、どちらをどちらに着つけるかで、彼女は悩んでいるのだ。

「着るのは彼だけですから、彼の希望で好きなほうを着つけてください」

「あら、そうなんですか？　お兄さんも、きっとお似合いですよ」

ねぇ、とアナスタシアに同意を求めるように顔を向ける。愛想もよければ恰幅もいい仲居頭は、意外なことに流暢な英語を話した。仲居として働きはじめる以前は、夫の仕事の関係で十年ほど海外で暮らしていたのだという。そのときに、日本文化を広める活動をしていて、着つけを覚えたのもその一環だと話した。

「ほら、彼女もこう言ってる。女性の申し出を断るなんて、男の風上に置けないよ、シュースケ」

「何度も申しましたように……」

浴衣で警護はできないと、何度も主張したはずだ。

「ボクは白いのがいいな。彼には、こっちを着せて」

「そうですね。私も、それがいいと思いますよ」

生成《きな》り地に矢絣《やがすり》模様の入った白っぽい色味の浴衣をアナスタシアにあてがい、大きく頷く。

母親世代の仲居頭の前で、アナスタシアは躊躇なく着ているものを脱ぎ捨てた。

思わず目を背けた室塚とは対照的に、仲居頭は気にする様子もなく、アナスタシアの肩に浴衣をかけ、テキパキと着つけていく。

何枚も重ねるわけでもない浴衣の着付けは、女性の場合そう簡単にはいかないのだろうが、男なら帯の結び方さえ覚えれば、自分でもなんとかなりそうに思えた。

「さ、できましたよ」

仲居頭に促されて、アナスタシアが振り返る。

「どう？」

質のいい本麻の質感の上品さゆえだろうか、金髪緑眼のアナスタシアが着ても、さほどの違和感はなく、実に華やかだ。なのに、落ち着きがある。下手に着崩すことなくストイックに合わせた襟元が、かえって艶を感じさせた。

「よくお似合いです」

まったく、綺麗な人間というのは、なんでも着こなすものだと関心して、思わず見惚れる。

「シュースケ？　もしかして、見惚れた？」

その綺麗な顔が、ずいっと迫って、室塚は思わずのけぞる。その室塚の肩を摑んで、アナスタシアがぐいっと仲居頭のほうへ押しやった。

「さあさ、次はお兄さんの番ですよ」

「いえ、自分は……」

いいかけて、すぐ傍らからじっとエメラルドの視線が注がれていることに気づき、長嘆する。室塚の肩に手をかけたアナスタシアが、顔を覗き込むようにして無言のおねだりをしているのだ。

アナスタシアが離れるより、室塚が根負けするほうが先だった。「わかりました」と返して、いったん部屋を出、外で待つ州嘉に拳銃等の装備一式をあずける。仲居頭の目に曝すわけにはいかない。脱いだジャケットを手に部屋に戻って、言われるままにネクタイのノットに手を伸ばす。ワイシャツを脱ごうとして、アナスタシアがじっと観察する目を向けていることに気づいた。

「やっぱり！　よくお似合いだわ。任侠《にんきょう》映画に出てくる俳優さんみたいですよ」

室塚の肩に紺地の浴衣を着せかけて、仲居頭の女性が歓声を上げる。

アナスタシアには、マル暴刑事は似合わないと言われ、一方で仲居頭の女性にはヤクザ者のようだと言われる。どうにも微妙な気持ちで、室塚は浴衣を着つけていく女性の手元に見入った。どんなことでも、プロの仕事というのは見ていて面白いものだ。

「さあ、できあがり！　色男だわ。女性が放っておきませんよ」

部屋を片付けながら、仲居頭が満足げに言う。

「どうぞ、楽しんでらしてください」

浴衣を着たときに立ち居振る舞いで注意することを、主にアナスタシアに対して簡単にレクチャーしたあと、彼女は深く腰を折って部屋を出ていった。

「やっぱり、シュースケのほうが断然似合うな」

まじまじと見やって、そんなことを言う。

「充分お似合いですよ」

多少のアンバランスさが危うさにも通じて、なんとも艶っぽい。これでは悪目立ちしそうだと、警護が心配になるほどだ。

「さっきのママさん、いいこと言うね。任侠映画に出てくる俳優さんみたいって、なかなか素敵な表現だ」

「揶揄《からか》ってますか」

「男の色気があるってこと。誉め言葉だよ」

素直に受け取ってよ、と肩を軽く叩いて、アナスタシアは部屋を横切る。

たたきには、二足の草履《ぞうり》が並んでいて、鼻緒の色は着物の色に合わせてあった。そこで待っていた州嘉が、室塚の恰好を見て多少驚いた顔をしたものの、外した無線を上手くつけ変えてくれる。さすがに拳銃は隠しようがないために諦めて、特殊警棒だけ、背中に差した団扇《うちわ》の影に隠した。アナスタシアの手には、発信器と無線を仕込んだ団扇を持たせる。

「それに向かって叫ぶより、室塚にしがみついていたほうが安全だと思いますが、念のため」

人混みの中では、室塚の袂《たもと》を摑んでいるくらいがちょうどいいなどと、ありえない助言までして、自分はというと、若手ＳＰのひとりをチンピラ風に仕立て、その腕をとってニッコリと微笑んでみせる。どこからどう見ても、警察官には見えない。

「花火、楽しみましょう」

そして、恋人に見たてた後輩をひきずるようにして、先に宿を出ていく。

「マルタイ、出ます」

一同から返る『了解』の応え。

「以降、こちらからの通話は緊急時のみになります」

フォローをよろしくと告げて、イヤホン付属のマイクを袂にしまう。いつもは袖口か襟元につけるマイクだが、浴衣では袖口につけたところで、袖が短すぎて口許に運べないし、襟元は目立ちすぎて使えない。

かわりに、発信器を装備している。居場所さえトレースしていれば、逐一の報告がなくても警護はできる。

河川敷に出ると、すでに多くの見物客があふれていた。堤防沿いには出店が並び、花火が打ち上がる前から、場所取りをしたブルーシートの上で丸座になって、宴会をはじめているグループも多い。

この花火大会には有料席というのがあって、打ち上げが行われるすぐ近くの特等席から見物することができる。

どう手配したのか、ふたりのために準備されたのは、その有料席の最前列だった。

運営本部と書かれた立て板の掲げられたテントがすぐ近くにある。その横には、地元テレビ局と新聞社用のカメラ席が設けられている。

有料席といっても、広く一般に売り出すようなものではないのだろう、席数は少なかった。大半のチケットは地域の有力者等に配布されて、ほとんど一般に出回ることなくはけてしまうに違いない。そう考えれば、チケットが用意できた経緯も想像がつく。

本当は静かな神社の境内などから見物したいところだが、河川敷は柵で仕切られた場所を中心に、左右遠く向こうまで見物客で埋まり、川向かいの古い城塞あとも、目の前に打ち上がる花火を見ようとやってくる見物客であふれるらしく、結局、運営本部の近くが一番安全だろうとの結論に達したのだ。

とはいえ、もともとはただの河原だから、有料席とはいっても、柵で仕切られた内側に入れるというだけのことであって、席は堤防につくられたコンクリートの階段部分で、そこにシートや座布団が敷かれているだけのことだ。

それでも、「この場所だと、火の粉が降ってくることがありますので、ご注意ください」と、案内係の説明を受けて、アナスタシアの緑眼が興味深げに輝いた。

席につく前に出店を覗いて、缶ビールとたこ焼き、以前食べた大判焼きはないかというので探したものの見つからず、似たところで鯛焼《たいや》きを買い、それを手に席に腰を下ろす。

夏の空は、まだ夕焼けが残っている。そこへ、ポンポンと、開会の案内を告げる火薬音が響いた。

「はじまった」

アナスタシアがオレンジと紫色の混じった夕空を見上げる。そこへ弾ける、リング状の花火。

小ぶりで地味なものから打ち上げはじめ、クライマックスに向けて徐々に派手で大きなものを打ち上げる。昔は、職人のカンと経験に頼っていた打ち上げ花火の世界も、いまはすべてコンピュータ制御で、花火を打ち上げるタイミングは、すでに全部プログラミングされているのだという。

そんな説明をしてくれたのが誰かといえば、ほかならぬアナスタシアだった。

「スターマインと呼ばれる仕掛け花火は、複数の花火を組み合わせて連続的に短時間に打ち上げることで、かたちやテーマを描き出す。そうなると、打ち上げのタイミングはもはや人間ではかれない。コンピュータに任せるよりなくなる」

花火の世界は、もっとアナログだと思っていた室塚は、説明を聞いて驚くと同時に、なるほどと納得した。

「打ち上げられる尺玉に、チップが取り付けられているんだ。使う火薬量や、色を出すための配合も、全部計算で割り出せる」

アナスタシアは、大学で物理学を専攻していたと、経歴書にあった。

だが、それにしても詳しい…と、無自覚ながら怪訝な視線を向けてしまっていたのだろう、アナスタシアは小さく笑って、これほどまでに花火見物がしたいと言った理由を口にした。

「花火の研究をしていたんだ」

「花火の？」

そんな話は、どこからも聞いていない。経歴書にもなかった。室塚がそう問い返すと、アナスタシアは空を見上げながら「当然だよ」と言う。

「表向きの研究テーマは爆発物だから。それで論文も書いてたし、だから国家警察やカラビニエリ《軍警察》にも目をつけられてた。父親が首相じゃなかったら、国のためなんて大義名分で、ロクでもない研究をさせられてただろうさ」

だから、父から選挙期間中の邪魔だと言われれば、国外に退去もするし、こうしておとなしくもしているのだと笑う。

「でも本当は花火の研究をしたくて、大学に残った。花火に関する論文も書いていたんだ」

ヨーロッパでも、ニューイヤーパーティのときなどには花火が打ち上がる。花火師は日本にだけ存在する職業ではない。けれど、やはり日本の花火は特別だと言う。

「芸術的価値が全然違う。これほど凝った花火は、世界中どこを探しても、日本でしか見られない」

割物《わりもの》と呼ばれる、基本の打ち上げ花火にも、菊や牡丹《ぼたん》、覆輪菊《ふくりんぎく》など、多くの種類があるし、複雑なかたちを描く小割物のなかには、椰子《やし》や冠菊《かむろぎく》、万華鏡などといった華やかなものも多い。

ほかにも蝶々《ちょうちょ》や土星などといった立体ものもあれば、花火が尾を引いて打ち上がる昇《のぼ》り曲《きょく》、凝った仕掛けが施されるポカ物など……花火師の技とセンスを競う大会があるほどに多種多様で、高度な知識と技術と経験を必要とする。

「実は子どものころにも、日本に来たことがあるんだ。母とふたりで」

なぜ父が一緒でなかったのか、幼さゆえにはっきりと記憶してはいないものの、母の横顔がどことなく寂しそうだったことは覚えていると言う。

「そのときに、花火見物をしたんだ」

はじめて見た日本の花火に、幼い少年だったアナスタシアは、大層感激した。

――『ママ、すごいね！　お空にお花がいっぱい！』

――『あれが花火よ。火薬が弾けて、あんなに綺麗な模様を描いているの』

母の言葉に、少年はますます驚いて、夜空を食い入るように見上げた。

「あとで首が痛くなって、泣いたっけな」

「今日も、きっと首が痛くなりますよ。ここは特等席すぎます」

見上げないと、花火が見えないほどに、打ち上げ場所に近いのだ。

「向かいの山の城塞あとからだと、目の前に見えるそうです」

「それもいいね。来年はあそこから見よう」

そんなことを軽く言って、アナスタシアは徐々に大物が打ち上がりはじめた夜空を見上げる。八重《やえ》芯菊《しんぎく》と呼ばれる、一等派手な花火が上がると、そこかしこから歓声と拍手が沸いた。

「日本の花火の最高傑作だよ。ほかでは製作が難しい」

そう説明されると、花火の見方も変わってくる。

するとアナスタシアが、ふっと小さく笑った。なにがおかしいのかと顔を向けると、「子どものとき」と言葉を継ぐ。

「日本の花火を見て大感激して。言ったんだ。寂しそうな母を元気づけたくて」

少年の日、母とふたりで見上げた花火の想い出。「素敵ねぇ」と、久しぶりの笑顔を見せる母に、少年は言った。

――『大人になったら花火師になって、ママのお誕生日にボクがおっきな花火を上げてあげる！』

そして、日本に来て覚えた、ゆびきりげんまんをした。

アナスタシアの母はすでに故人で、父親のバッサーニ首相には新しい妻との間に娘もいる。

あの夜……室塚が内閣総理大臣の警護官として渡伊した数年前のパーティの夜、あのときもアナスタシアは、亡母のことを思って花火の打ち上がる夜空を見上げていたのだろうか。

憂いを帯びた美しい横顔だと思った。任務中でなければ、もっと眺めていたい欲求に、室塚は逆らわなかったかもしれない。

いかにも接待の雰囲気だった、後ろの席の三人組が早々に立ち去ったのをこれ幸いと、アナスタシアは仰向けに寝転がって夜空を見上げる。

ひときわ大きな尺玉が弾けて、視界いっぱいに花火が広がった。この近さでなければ味わえない醍《だい》醐味《ごみ》だ。

そして、しばらくすると、夜空からひらひらと何かが降ってくる。浴衣についたそれをつまみ上げると、あっという間に崩れてしまった。

「火の粉の燃えかすだ」

火がついたまま降ってくるわけではなく、燃え残った灰が降ってくるのだ。

室塚の手をとって、指先を汚す灰を間近に観察する。すでに陽は落ち切って、花火のために極力光源を落とされている周囲は暗く、見えるはずもない。

アナスタシアは、燃え残った灰の匂いを嗅いで、何やら納得顔。学者のオタク心というのは、室塚には理解しがたいが、真剣な表情を間近で見るのは眼福だった。

「職人によって、火薬の配合も違うんでしょうね」

「花火にも流派があるからね」

色の出方やかたちなど、科学的に分析がかなっても、やはり師匠から弟子に受け継がれていくものがあるようだ。

「背中、痛くありませんか？」

「大丈夫だよ。また膝枕してくれたら、それはそれでありがたいけど」

「自分の膝も充分硬いと思いますよ」

寝心地が悪かったのでは？　と言うと、アナスタシアは体勢を変えて、室塚の腿に頭をあずけてきた。そして、花火の打ち上がる夜空を見上げる。ちょうど、しだれ柳とも呼ばれる錦冠菊《にしきかむろぎく》が打ち上がったところだった。

火の痕跡が、ゆっくりと枝垂《しだ》れていくさまが、なんとも美しい。

「綺麗だ……」

アナスタシアが、うっとりと言う。その緑眼を見下ろし、それから新たな花火の打ち上がる夜空に目を向けて、室塚は「ええ」と頷いた。

そうしている間も、周囲への警戒は怠っていないが、有料席という場所もいいのだろう、周囲に騒々しさはなく、混雑とも無縁だ。こういった人の集まる場所の場合、そもそもの危険以外に、喧嘩《けんか》を売られたりといった事態も考慮しなければならないが、そういった心配もない。

寝転がったことで少し気崩れた浴衣から、アナスタシアの白い足が覗く。膝を立てているから多少際どいが、暗がりなら人目を気にする必要もないだろう。そういう自分も、胸元がすっかりゆるんでしまっているが、実はこのほうが楽だった。着つけてもらってすぐは、どうしても窮屈感が否めなかったのだ。

アナスタシアが手にした団扇が、ゆるりとした風を送り込む。大輪の朝顔の描かれたそれは、実は雁皮紙《がんぴし》という特殊な和紙でつくられた、ここらへんの特産品で、水団扇とも呼ばれ、本来は水に濡らして扇ぐことで涼を得るもので、少し細長い独特のかたちが特徴的な、風流な手工芸品だ。——が、もちろん、普通の団扇としても使える。

その温《ぬる》い風を心地好く感じながら、「手が疲れませんか？」と、扇ぐ役を引き受けようとすると、これは自分の役目だとでもいうように拒まれた。

「シュースケが扇いだら、視界が遮られるだろう」

「そうですね。失礼しました」

ではお願いします、と返すと、今度は扇ぐのをやめてしまう。まったく天邪鬼《あまじゃく》というか、子どもだ。

川面では仕掛け花火が着火され、ナイアガラが眩《まぶ》しいほどの炎の滝を描く。その上空に、牡丹が連続して打ち上がって、華やかさを演出した。

やがて、膝に乗るアナスタシアの体温をより高く感じはじめて、室塚はそれに気づく。

「雲がかかってきましたね」

月の姿が完全に隠れて、闇夜になったのだ。

花火を打ち上げるには問題ないが、吹く風の向きが変わり、空気がひんやりしはじめて、室塚は天候の変化を懸念した。

昨今、日本の夏にはゲリラ豪雨や極雨と呼ばれる、突発的な雨天がつきものだ。まるで熱帯のスコールのように、短い時間に大量の雨が降り注ぎ、人的被害まで出ている。

そういえば、昨年の夏、はじまって三十分もたたないうちに、ゲリラ豪雨に見舞われて中止になった花火大会があったな……などと、考えたのがいけなかったのかもしれない。

ポツリ……と、雨粒が額に落ちて、きたか…と、天を仰いだときには、もう地面に雨露が染みをつくりはじめていた。

「避難しましょう」

アナスタシアの腕をとって、腰を上げる。周囲の客たちも、どうしようか……と悩む間もなく、逃げまどいはじめた。

雨を避ける場所など、河川敷にはない。橋の近くで見ていた客は、橋げたの下に逃げ込む手もあるが、橋と橋の中間地点あたりを仕切ってつくられていた打ち上げ場に近いこのあたりはどうしようもない。

「退避する」

袂から取り出した無線にひと言告げて、『了解』の応えも待たず、アナスタシアの手を引いた。

「花火大会は？　中止かな？」

アナスタシアは花火を気にしているが、室塚はそれどころではない。視界さえ危ういほどに、雨が酷《ひど》くなりはじめた。これがゲリラ豪雨の特徴だ。

「宿に戻りましょう」

もはやそれしかない。

短い時間に百ミリもの雨が降るのがゲリラ豪雨だ。川の水量の急激な増加も懸念される。川から離れたほうがいい。水遊びをしていた家族連れが中洲に取り残されて被害に遭った報告もある。

「急いで」

アナスタシアの手をしっかり握って、先に立って走る。

草履を脱ぎたいが、河川敷では危ない。自分はまだしも、アナスタシアには無理だ。足裏を傷つけてしまう。

雨から逃げて右往左往する人々の波をかいくぐり、堤防を越えて、宿へ駆け戻る。

途中、軒下や木陰などで雨宿りする見物客も多かったが、皆ほとんどずぶ濡れだった。この降り方では、傘も役には立たない。

宿が近場でよかった。花火大会が行われる日は、周辺の車の立ち入りが禁止されていて、警備車両も宿の駐車場に停めたままなのだ。もちろん地元警察との協力体制は敷いているが、お忍び旅行である限り、できることは限られている。

ずぶ濡れになって宿に駆け込むと、他にも室塚たちと同じように逃げてきた客の姿があった。州嘉たちも、頭からタオルを被《かぶ》っている。ふたりを認めた州嘉がすかさず、無線に「マルタイ、帰着」と報告を上げる。

「まぁまぁ、びしょ濡れで……大変でございましたねぇ」

宿の女将《おかみ》と仲居たちが、タオルを持って雨に降られた客を出迎え、次々に部屋へと促していく。

「温泉であったまってくださいませ。すぐに温かいお茶をお持ちいたします」

受け取ったタオルをまずはアナスタシアの頭と肩にかけ、焼け石に水と思いながらも水滴を拭う。

「皆も、交代で着替えと入浴を。このままでは風邪をひく」

「そんなヤワではありませんが、ありがたくそうさせていただきます」

州嘉と短いやりとりを交わして、アナスタシアの背を押し、部屋に戻る。その途中、着つけをしてくれた仲居頭を見かけて、アナスタシアが「花火大会は？」と訊いた。

「いまさっき、本部から連絡がありまして、中止だそうです。まぁ、八割がたは終わってましたし、残った花火は濡れてしまって使いものにならないそうで」

残念ですが自然には勝てませんねぇ……と、彼女が日本語と英語ごちゃまぜで穏やかに言うのを聞いて、濡れて逃げ帰ってきた客の気持ちも和《なご》んだ様子だった。

「職人さんたち、残念ですね」

せっかくつくった作品を、最後まで発表したかっただろうに……と、アナスタシアは最後まで見られなかったことや雨に降られたことを残念がるのではなく、花火職人たちを気遣う。気持ちはつくり手側に立っているのだろう。

「そのように、お伝えしておきます。また来年、来てくださいい」

仲居頭はそう言って、室塚の肩にタオルをかけてくれた。二枚ともアナスタシアに渡してしまった室塚は、ずぶ濡れのままだったのだ。

彼女の気遣いに礼を言って、早く部屋に戻りましょうと促す。

「このままでは風邪をひきます」

真夏だろうと、これだけ濡れてしまったら体温を奪われかねない。温泉で温まってから、布団《ふとん》に入らなくては。

部屋に戻ってようやく、ひと息つく。

こういうときに温泉はありがたい。すぐに湯に入ることができる。

「はやく脱いで、湯に浸かって――」

言いかけて、言葉を呑み込んだのは、濡れ髪をかき上げたアナスタシアの姿に、思わず目を奪われたせいだった。

走ったために、浴衣は気崩れて酷いありさまだ。すっかりはだけてしまった合わせからは、白い太腿が際どい場所まで覗いている。生成りの浴衣が肌にはりついて気持ち悪いことだろう。

そういう自分も酷い恰好になっているはずだ。

胸元はすっかりはだけきっているし、帯も半ば解けている。

慌てて視線を外し、露天風呂の様子を確認するために部屋を出る。雨が降っていても露天風呂には屋根があるから大丈夫だろうと思っていたが、室塚が外に出たとき、襲ったゲリラ豪雨は、すっかり上がってしまっていた。

まさしく一瞬の出来事。夜空を覆っていた雲も消えて、黒く浮かび上がる山並みの上に、ぽかりと月が浮かんでいる。

湯は、ちょうどいい温度に調節されていた。さきほどの雨で飛んできたのだろう枯れ葉を数枚ひろって捨てる。かけ流しの湯音と湯気が、冷えた身体を癒してくれるようだ。

気配に振り返ると、浴衣の帯を解いた恰好のアナスタシアが、そこにいた。

「どうぞ、すぐに入れ……」

「一緒にあったまろう」

そう言って、室塚の浴衣の帯に手を伸ばしてくる。

「いえ、自分はあとで……」

警護対象と一緒に温泉に浸かることなどできない。大浴場なら警護のために一緒に入ることもあるが、部屋の露天風呂なら、襲われる危険もまずない。ここは周囲に高い建物もないから、狙撃も無理だ。

「シュースケも、冷えてる。待っている間に風邪をひいてしまうよ」

言いながら、アナスタシアが濡れた浴衣を脱ぎ捨てる。その白い肌に一瞬見惚れた隙に、肩を押された。

「……っ！　なに……っ」

なんとか途中で体勢は立てなおしたものの、檜の浴槽に落とされてしまった。温かいが、ずぶ濡れなのは変わらない。

唖然とする室塚の横に、アナスタシアが身を滑り込ませてくる。そして、室塚の袂を引いた。

半ば強引に、湯に引き込まれてしまう。

「……無線が……」

袂に無線を入れたままだったのを思い出した。防水仕様ではあるが、温泉はどうだったろう。しかたなく浴衣を脱ぎ捨て、その上に電源がOFFになった状態の無線を置く。壊れているのかいないのかは、あとで確認しないとわからない。

「強引ですね」

傍らで満足そうな顔をするアナスタシアに、長嘆を向ける。

「シュースケが頑固なのが悪いんだよ」

クスクスと笑いながら、肩まで温泉に浸かる。

「その塀《へい》を乗り越えて、暴漢が襲ってきたらどうするんだ？　一緒にいなきゃ、ボクを助けられないだろう？」

屁理屈《へりくつ》だ……と切り捨てることはできなかった。万に一つの危険でも、取り除くのがSPの仕事だ。

頷く代わりに、自分も肩まで湯に浸かる。

「いい湯ですね」

冷えた身体が、じんわりと温まってくる。

無色透明、無味無臭の温泉だが、湯はとてもやわらかい。源泉かけ流しで多少の加温のみと説明書きにあった。温泉成分が薄まっていないがゆえの、肌あたりのよさだろう。

「イタリアにも温泉はあるけど、やっぱり日本の風情は別格だね。海外の温泉は、効能がなければばただの温水プールだから」

「無理して長湯しないで、逆上《のぼ》せるまえに上がってください」

日本人は熱い湯に慣れているが、欧米人はあまり慣れないから、すぐに逆上せてしまう危険性がある。海外の温泉は、もっと温い場合がほとんどだ。

「冷えて固まった筋肉がほぐれてきたかな」

「ええ」

アナスタシアの手が伸ばされて、室塚の二の腕から肩を撫でる。すぐ間近に、エメラルドの瞳があった。

スルリ……と、懐に入り込んできて、間近に見る造作の美しさに見惚れていたら、唇に温かいものが触れた。ちゅっと軽いリップ音が立つ。

思わずまじまじと、間近にある美貌に見入ってしまった。

「無反応？　寂しいな」

以前にも聞いた気がする指摘。

「いえ、あの……」

瞳を瞬くと、湯に落された手が、室塚の太腿を撫でる。それから、筋肉の張りをたしかめるかのように脇腹も。

「もっと、あったまりたいんだ」

甘く掠れた声が唇を掠めて、次の瞬間には深く合わされていた。

「……っ、……んんっ！」

濃厚な口づけが、ストイックな肉体に危うい火を灯《とも》す。口腔《こうこう》内を貪る熱に、気づけば応えていた。口づけの気持ち好さに酔って、理性が音を立てて崩れはじめる。いけないとわかっていても、どうしても流される気持ちを引きとめられない。

「さっき、ボクに見惚れてただろう？」

濡れそぼった浴衣姿のアナスタシアに見惚れていたことを指摘されて、カッと思考が焼きつく。だが次いでなされた告白に、室塚はゆるり……と目を見開いた。

「ボクも、見惚れた。シュースケが色っぽくて、もう我慢ができない」

我慢？　と、一瞬過った疑問は、湯のなかで局部を握られたことで、思考の奥へ追いやられた。

「……っ！　は……っ」

指の長い綺麗な手が、室塚自身を撫でさする。そこに熱いものが触れて、アナスタシアも滾《たぎ》っていることを教えられた。

「周佑、ボクのも一緒に、握って」

耳朶に呼びかける声の質が、変わった気がした。

じゃれ合う口づけを交わしながら、湯のなかで互いの欲望を握り合い、その熱さをたしかめるように扱《しご》いて、快楽に興じる。

「ん……ぁっ、周…佑、すごく、熱い…よ」

「ダメだ……逆上せる……」

湯から上がろうと、口づけの合間に訴える。

アナスタシアの身体を引き上げると、その勢いのままに、浴槽脇に背中から押し倒されてしまった。

アナスタシアの手が、すかさず室塚の膝を割る。天を突く欲望が、温かな口腔に含まれた。

「……っ！　やめ……っ」

そんなことをさせるつもりはかったのに……と、身を捩《よじ》っても、逃げられない。日々がストイックであるがゆえに、いったん箍《たが》が外れると、もはや抑えは利かない。

こういった行為に慣れているのだろうか、アナスタシアの口淫は巧みだった。瞬く間に追い上げられて、室塚は内腿を震わせる。全体を強く吸われ、先端を舌先に抉《えぐ》られて、こらえられず、室塚はアナスタシアの口腔に白濁を放ってしまった。

「……っ！　は……っ」

久しぶりの熱に犯された肉体が震える。

「濃いね、しばらくしてなかった？」

残滓《ざんし》まで舐め取るように、一度放った程度では力を失わない欲望に舌を這わされて、室塚は腰の奥から痺《しび》れるような快感が湧くのを感じた。

同性との経験はないが、どうするかはわかっている。だが、挿入だけが、同性間の楽しみ方ではないとも聞く。アナスタシアは慣れているようだし、大丈夫かもしれない。

身体を入れ変えるために、上体を起こそうとしたときだった。

「……っ！　な……っ!?」

室塚の膝にかかったアナスタシアの手が大きく太腿を割り開く。またもアナスタシアの唇が局部に落ちて、だが今度はさきほどとは違う場所が囚われた。

「う……ぁっ」

双丘を割り開き、露わになった後孔の入り口に舌を這わされたのだ。

浅い場所を掻きまわす舌の動きと、その隙間から差し込まれる指の感触。

「く……っ、やめ……っ」

まったく予想外の展開に、さすがの室塚も動揺を禁じえない。反射的に、アナスタシアの肩を押しやっていた。

「なに？」

「いえ、あの……」

この期に及んで敬語なのかと、緑眼が不服をたたえていたが、室塚が言い淀むのを見て、言いたいことを察したのか、笑みが浮かんだ。

「抱いてくれる気だったの？」

「いや……」

「周佑、やさしいからね。乗っかられたら、流されそうだけど、でも、こっちはそういうわけにいかないだろう？」

だから抱かせて……と、耳朶を甘ったるい声がくすぐった。

口づけに言葉を奪われ、後孔を探る指に、未知の快楽を引きずり出される。感じる場所を刺激されて、己のものとは思えない声が迸《ほとばし》った。

「ひ……っ、あ……ぁっ！」

がくがくと、腰が揺れる。内部がやわらかく蕩《とろ》け、うねった。

「ここ、だね」

探り当てた場所を刺激され、指を増やされる。

「は……ぁっ、く……っ」

指と舌とに後孔を蕩かされ、触れられてもいないのに欲望が頭を擡《もた》げる。

「すごいな、ガチガチだ」

後孔に指を含まされたまま、腹につかんばかりに反り返る欲望を舐め上げられて、室塚は逞《たくま》しい喉をのけぞらせた。

「あ……ぁ……っ」

今にも弾けてしまいそうなのに、アナスタシアの手がそれを阻む。

「はじめてなのに、後ろで感じてるの？　嬉しいな」

欲望の根本を拘束され、後孔を指でいじられて、思考が真っ白に染まる。

出したい衝動と、もっと違うもので後孔を嬲《なぶ》られたい焦燥とが同時に襲って、室塚は唇を噛んだ。

嫌悪感があるわけではない。だが、気持ちのどこかに蟠りがある。このまま進んでしまって、アナスタシアを受け入れてしまって、いいのか、と……。

「……っ！」

狭間に熱く硬いものが触れて、室塚は目を瞠った。ゆっくりと首をめぐらせると、すぐ間近に、見据えるエメラルドの瞳がある。

「いまさら、逃がさないよ」

指と舌とで蕩かされた狭間に、猛々しい欲望が突きつけられている。室塚自身以上に、硬く張りつめていた。

腰を掴む手の指が、痛いほどに肌に食い込んでくる。

いつもの彼ではない。甘さを孕んだ低い声には、何者をも捩じ伏せる力強さがある。本気で抗えば、室塚には拒むことが可能なはずだった。けれど、できなかった。

ズ…ッ！　と、脳天まで衝撃が突き抜けた。

「……っ！」

最初の声は呑み込んだ。だが、一気に最奥まで貫いた欲望がさらに深く突き入れられて、「ひ……っ！」と悲鳴が上がる。

一度唇が解《ほど》けたら、声を殺すことができなくなった。

灼熱《しゃくねつ》の杭《くい》が、身体の一番深い場所を犯す。

繋がった場所を揺すられて、「あぁ……っ！」と高い声があふれた。

「待……っ、まだ……っ」

止める間もなく、激しい抽挿に襲われる。

「ひ……ぁっ、は……っ」

硬いものに内部を擦《こす》られる刺激が、これまで経験のない快感を生み出す。こらえようにも、声があふれて止まらない。もっともっと激しい熱が欲しくなる。

「周佑……感じてる？　いいの？」

どこか切羽《せっぱ》詰まって聞こえる声が、あからさまな確認をとる。それに応じる余裕もないままに、室塚は責め立てる男に手を伸ばした。

その首を引き寄せて、背に腕をまわす。

「周…佑？」

ぐりっと奥を穿《うが》たれて、迸る声を嚙む代わりに、目の前にある白い肌に咬《か》みついた。滑らかな首筋に咬み痕を刻んで、穿つ腰に下肢を絡める。

「ひ……っ、あ……ぁっ、あぁっ！」

穿つ動きが激しさを増して、肌と肌のぶつかる艶《なま》めかしい音が、薄明かりに照らされた露天風呂に響く。

「——……っ！」

一際激しく突き込まれて、瞼の裏が白く染まった。

「あ……ぁ……っ」

「……っ」

ふたりの間で、白濁が弾ける。ほぼ同時に、最奥で熱い飛沫《しぶき》が迸った。ぶるり…と腰が震える。

「……っ、く……っ」

情欲を注がれ、最奥を同性のものに汚される背徳感に、恍惚《こうこつ》となる。

吐き出したものを塗り込めるように、アナスタシアが腰をうごめかす。ゾクゾクとした余韻が背を突き抜けて、室塚は倒れ込んできた身体を受けとめ、その背をぎゅっと掻き抱いた。

「周佑……」

「ん……っ」

ねっとりと口づけて、身体を繋げたまま、しばしまどろむ。

「今度は、湯ざめする」

室塚がアナスタシアの背を撫でると、乱れた金髪をかき上げながら、アナスタシアが顔を上げた。

「う……ぁっ」

埋め込まれた欲望が引き抜かれて、甘ったるい衝撃が突き抜ける。湯の流れる檜の床はやわらかい感触だけれど、それでも身体が痛い。

身体を起こそうとすると、アナスタシアが背中から抱きついてきた。

「待……っ」

「まだ、だめ」

もう一回、と、耳朶に甘く請われる。

「は……ぁっ、……ぁあぁっ！」

腰骨を摑まれた、と思った次の瞬間には、先の結合で潤んだ場所に、再び剛直が捻《ね》じ込まれていた。

「あ……ぁっ！　は……っ」

後背位で穿たれて、上体がくずおれる。鍛《きた》え上げた肉体も、慣れない衝撃には弱い。

「周佑……周佑のなか、すごく熱い……」

根本まで埋め込まれ、背中から抱きしめられる。

「あ……ぁっ」

アナスタシアの名を呼びたいと思って、けれど口にできないままに、翻弄される。

乱暴なほどに揺さぶられ、さきほど放ったばかりだというのに、またも頂に追い上げられる。

「——……っ！」

二度めも最奥に放たれて、受けとめきれなかった情欲が、いやらしい音を立てて後孔からあふれた。

内腿を伝う感触に背を震わせる。

欲望を引き抜かれ、檜の床に身体を投げ出す。

仰ぎ見た先、アナスタシアの欲望は、いまだ滾って、先端から蜜を滴らせていた。

「も……やめ……」

もう無理だと訴える。

「SPの訓練は、そんな甘いものじゃないだろう？」

音を上げるのは早いと言われて、それとこれとは話が別だと思うものの、返す気力ももはやない。

「周佑」

呼ばれて、覆い被さってきた身体を受けとめる。

「ダメ、だ……」

「いやだ。まだ足りない」

じゃれつくキスに言葉を奪われる。

膝を抱えられて、室塚は抗った。背中が痛かったのだ。

上体を引き起こされ、アナスタシアの腕が首にまわされる。もはや幾度目かわからないキスを交わして、ぐったりと体重をあずけ合う。

このまま寝てしまいたい気持ちに駆られていた室塚の腰を、アナスタシアが引き寄せた。

「……おい、もう……」

対面で抱き合う恰好をとらされて、下からあてがわれる欲望。

「う……ぁっ、あ……っ」

自重で深く受け入れてしまって、背がのけぞる。

下から穿つ動きに合わせて、無自覚にも腰が揺れはじめる。

犯されているのではない。抱き合っているのだと、自覚させられる。

「周佑……好きだよ」

耳朶に、あまりにも唐突に、告げられる告白。

ドクリ…と、心臓が鳴って、室塚は言葉を失った。――ものの、穿つ動きに甘ったるい声だけはあふれつづける。

重くなった瞼を上げると、そこには、まっすぐに見据えるエメラルドの瞳があった。真摯《しんし》な色をたたえて、中心に室塚を捉えている。

それに応える言葉を見つけられないままに、室塚は衝動のまま、自ら口づけた。

「周……っ」

緑眼が、驚きに見開かれる。

金色の睫毛が瞬いて、ゆっくりと瞼が落ちる。

口づけが深められて、抱き合った恰好のまま、今度はアナスタシアが背中から倒れた。その胸に乗りかかった恰好で、下からの突き上げに応える。

「は……ぁっ、――……っ！」

三度目の頂には、ゆっくりとじわじわと、追い上げられた。

甘ったるい声に喉を震わせて、あふれる声はキスに塞がれた。

指一本動かすのもおっくうなほどに抱き合って、転げ落ちるように湯に浸かって、また抱き合う。

湯のなかで、室塚の胸に甘えるように、アナスタシアは抱きついて離れなかった。

逆上せて気持ち悪くなる寸前まで湯のなかで過ごして、月が天空を横切ったころようやく、敷かれた布団の上に、裸のまま倒れ込んだ。

瞼の上がらなくなった室塚を、アナスタシアの腕が抱き寄せて、鼓膜に鼓動が近くなる。

眠くてたまらなくて、好きにさせた。

翌朝、目が覚めて、冷静になって、後悔するだろうことは、当然予想がついていたけれど、このときはもう、どうでもよかった。

温もりを求めてしがみついてくる腕を振り払えないほどには、絆されていた。

それは、任務とは別次元の、庇護《ひご》欲と、そして愛情だった。

4

東京に戻ってきた翌日、朝から室塚の姿がなかった。

彼は、アナスタシアが滞在するスイートルームの、コネクティンググルームに寝泊まりしているから、姿が見えないはずがない。

昨夜は、途中で食事に立ち寄ってからホテルに戻って、疲れているだろうから今日は早くに休むようにと言って、室塚自身も早々に部屋に引っ込んでしまった。ベッドに誘いたかったものの、さすがに昨日の今日はつらいだろうと、アナスタシアも控えたのだ。

そして今朝。

室塚が自分に何も言わずに、傍を離れるなんて……。

いつもなら、室塚が運んでくれる朝食も、今日は州嘉がダイニングテーブルに並べた。いつも室塚が座る場所は空席のままだ。

「周佑は？」

どこに行ったの？　と尋ねると、

「今朝は本庁に呼ばれて外しています。お出かけになられるまでには、戻りますので」

「本庁？」

「ときどき報告に上がる義務があります。彼は指揮官なんです」

そういう口調には、室塚を振りまわしているアナスタシアに対しての、いくらかの非難が感じ取れた。

「言いたいことがあるのなら、どうぞ」

アナスタシアが話を向けると、州嘉はエスプレッソを淹れる手を止めることなく、「とくにございませんが」と返してくる。

「敬愛する上司が振りまわされるのは不服？」

「室塚が納得しているのなら、私がどうこう言うことではありません」

言いながら、淹れたてのエスプレッソのカップをアナスタシアの前に置く。そして、問答する気はないとばかりに、部屋を出て行ってしまった。

いつもと同じ味なのに、まったく美味しく感じないエスプレッソをひと口で放り出して、朝食にも手をつけず、テラスに出る。

室塚が見たら、不用意に外に出るなと怒りそうだが、いま彼は傍にいない。

喪失感がひどい。

ほんの短い時間、離れているだけだというのに。

イタリアに戻ったあと、彼のいない生活に、自分は耐えられるだろうか。

そんなことを考えたら、いてもたってもいられず、アナスタシアは部屋に戻ってタブレット端末を持ち出した。以前から登録してある情報を呼び出し、考える。

「日本に残る手段、か……」

父の邪魔になりたくない気持ちは本当だ。だがいつまでも、拗ねた子どものように現状に流されていていいわけがない。


室塚が戻ると、州嘉がアナスタシアの朝食のワゴンを片付けているところだった。

「食べなかったのか？」

「班長がいらっしゃらないから、拗ねているんですよ」

そんな子どもではないだろうと、返そうとして、そうでもないなと思いなおす。

「……ったく」

なにを甘えているのかと胸中で長嘆して、ふいに一昨夜のことを思い出してしまい、動揺に跳ねる心臓をそっと抑えた。

「係長から、様子うかがいの電話がありました」

州嘉が、探るように言葉をかけてくる。その目が、全部知っているぞと言っているようで、ドキリとした。

「……そうか」

「警護から外してほしいと、言ったそうですね」

任務を最後までまっとうするように室塚を説得してほしいと言われたと、州嘉が上司からの電話の内容を暴露する。

「口が軽いな、あの人は」

長嘆を零すと、「氷上さんが辞めたいま、頼れるのは班長だけですから」と、係長の立場を代弁する。それはわかっているが、口止めをしたはずなのに、こうあっさりばらされては、信用問題だ。

「彼に付き合いきれなくなりました？」

探りを入れる言葉には、苦笑で返すよりほかない。

「いや、自分自身の問題だよ」

それだけ言って、部屋のドアをノックする。

アナスタシアの姿は、リビングになかった。風を感じて、視線をめぐらせると、テラスにつづく窓が開いている。

慌てて駆け寄って、テラスのデッキチェアに身体を投げ出すアナスタシアの傍らに立った。

「外に出たりして……危険です」

テラスには出るなと言っておいたはずだと言うと、アナスタシアは不服げな視線を上げた。

「平気だよ」

室塚の手をとって、強く引く。

デッキチェアに横たわるアナスタシアの上に倒れ込みそうになって、足に力を込めた。

「なにを……」

「目覚めのキスもなし？」

何も言わずに警護から一時的に離れたことが不服だと、その顔が言っていた。

「ご冗談はよしてください」

不用意な一言だったと、言ったあとで思ったが、遅かった。

「どういう意味？」

エメラルドの瞳に、疑念が過る。

握った手に、ぐっと力が込められた。

「なかったことにしたい、ってこと？」

敏い彼は、早朝から室塚が持ち場を離れ、本庁に足を向けていたことの意味を、察した様子だった。

逸らすことなく、エメラルドの視線を受けとめて、ひとつ、瞬く。

「流されたことにしておきましょう。そのほうが……、……っ！」

襟首を摑まれ、咬みつくように口づけられた。

日本にパパラッチがいないからいいものの、イタリアだったら、どこから望遠レンズで狙われているかしれない状況だ。メディアに叩かれたら、彼自身はもちろん、父親のバッサーニ首相にも、多大な影響がある。

「ん……ぅっ、放……っ」

ぐいっと胸を押しやって、キスを解く。

「おやめください。あなたのためにもなりません」

こんな関係が長つづきするはずがないし、将来のあるアナスタシアのためにもならない。一介のSPと、どうこうという相手でもない。

「ボクのため？　違うだろう？　きみ自身のためだ」

警察組織にいつづけるために、面倒を避けたいだけだと指摘される。

そうかもしれない……と、思った。自分には、氷上のように、愛した相手のためにすべてを捨てる勇気などない。常識にとらわれている朴念仁《ぼくねんじん》だ。

「当然です」

あえて冷淡に返した。

「私はただのSPで、あなたのように好き勝手できる立場にありません」

緑眼が、細められる。非難の意を込めて。

「おわかりいただけたのでしたら、帰国の日までおとなしくしていてください」

SP

そうすれば、最後までちゃんと護ってみせると言うと、アナスタシアは摑んでいた手を乱暴に放した。

「きみは解任する。もうついてこなくていい」

デッキチェアから腰を上げて、いったん部屋に入り、着替えをすませて出てくると、室塚の制止も聞かず、部屋のドアに手をかける。

「Signor Duran？　どこへ……」

止めようとすると、怒鳴られた。

「Signorと呼ぶな！」

「……っ」

アナスタシアはずっと、名前で呼んでほしいと言っていた。それを受け入れなかったのは、室塚の意地だ。自分はＳＰだという、防壁でもあった。

「Signor Duran？　どちらへ？」

州嘉が慌てて飛んできて、アナスタシアの隣に並ぶ。

「スケジュールどおり、出かけるだけだ」

「ですが、時間が……」

時計を確認して、追いかけてくる室塚に視線を寄こす。それに気づいたアナスタシアが吐き捨てた。

「彼は解任した。きみたちも、もうついてこなくていい」

「そんな……っ、お待ちください！　班長!?」

州嘉に言われるまでもなく、エレベーターに乗り込む前に捕まえようと手を伸ばす。だが、あと少しというところで、振り払われた。

「触るな」

強い拒絶だった。

心臓がズキリと痛んで、思わず立ち止まる。その隙に、アナスタシアの姿はエレベーターのドアの向こうに消えていた。

「班長!?」

どうして無理やりにでも止めなかったのかと、州嘉の声が尖る。

「どうかしましたか？」

他の警護課員たちが飛んできて、室塚と州嘉を取り囲んだ。

「**Signor Duran**がひとりで出かけてしまったの。すぐに追って！」

「りょ、了解！」

アドバンス部隊にも連絡を入れ、アナスタシアを止めるように指示を出したのは、室塚ではなく州嘉だった。

だが、ホテルを出る前に捕まえることは容易だと思われた。

SPたちは、不測の事態に対処できるように、日々訓練を積んでいる。要人の我が儘などいまにはじまったことではなく、これまでにも何度も、ウンザリする目に遭わされてきた。

だから、アナスタシアがSPなど不要だと言ったところで、ひとりで出かけたつもりになっていたとしても、追跡は可能だし、それとなく警護することも可能なはずだった。

だから、それほど逼迫《ひっぱく》していなかったというのもある。

だが室塚の読みは、結果的に甘かった。

『見つかりません！』

ホテルのエントランス周辺を担当するSPから報告が入る。

『車を使った様子もありません』

地下駐車場からの報告。

『ホテルの車寄せからタクシーは使っていません』

ならば、大通りに出てからタクシーを拾ったということか。だがそこまで、どういったルートでSPの追跡を逃れたというのか。

「慣れてますね」

呟いたのは、州嘉だった。

イタリア本国でも、ボディガードに張りつかれる生活をしていて、きっと抜け出すことに慣れているに違いないと言う。

これまでおとなしく護られていたのは、多分にアナスタシア自身の意思だったのだ。

SPを振り切って自由に日本を満喫しようと思えばいくらでもできたのに、おとなしく護られていたにすぎない、と……。

「そのようだな」

長嘆して、いったんSPたちの捜索命令を解く。そのあとで、「俺は解任されたんだったな」と、自嘲が零れた。

自称が「俺」になっていることに、室塚自身は気づいていなかった。州嘉が、何かに気づいた様子で顔を向けたものの、何も言わなかった。

「どうされるんですか？」

部屋に戻った室塚の一歩後ろをついて、州嘉が問う。このまま放っておいていいわけはないが、範囲を狭めなければ捜索するにもできない。東京は広いのだ。

テラスのテーブルに、タブレット端末が放置されていることに気づいて、片付けようと手を伸ばす。この場所に置きっぱなしにはできない。ネットニュースでも読んでいたのだろうかと考えて、ふと思い立ち、スリープを解除した。

「班長？」

それはプライバシーに抵触します、と州嘉が止めるのを聞かず、ブラウザを立ち上げた。

「これは……」

呟いたのは州嘉だった。室塚の手元を覗き込んで、「まるっきり子どもですね」と息を吐く。

ディスプレイには、花火の画像が表示されていた。ネットニュースの記事から検索したもので、突然のゲリラ豪雨で中止になった地方の花火大会の様子を伝えるものだ。ふたりで見た八重芯菊の花火が、美しく映し出されている。画面をスライドさせると、突然の雨で逃げまどう見物客の姿を映した一枚が表示された。

タブは三つ立ち上げられていて、別のタブをアクティブにすると、今度は関東の花火大会一覧が表示される。日時と場所をリストにしたものだ。こういうものをつくっているマニアがいるのだろう。

そして最後のひとつには、江戸で長い歴史を持つ花火師宗家のホームページが表示されていた。十数代つづく花火職人の歴史と今現在の仕事ぶりなどを案内したものだ。

そこにある住所と、それから花火大会一覧に表示されている日時と場所とを確認して、室塚はアテをつけた。花火を扱う会社はいまでも、下町に集中している。

「東日本橋《ひがしにほんばし》から両国《りょうごく》近辺だ。タクシーが使えそうな道をあたれ！」

『了解』

無線に指示を出して、自分もホテルを飛び出す。

「二輪はあるか？」

『バイクですか？　いえ、今回の装備にはありません』

ホテルの車寄せを出たところには、運転手つきの高級車が並ぶ一角がある。

その端にフルカウルのスーパーバイクが停められているのが目に入った。タイミングのいいことに、ヘルメットとキーを手にした持ち主が、いままさに乗り込もうとしているところだった。

身分証を提示して、「緊急事態です。お借りします！」と、キーとヘルメットを奪うように借りる。

「班長!?」

あとのフォローは、州嘉が上手くやってくれるだろう。

一気にエンジンをふかして、急発進させた。さすがはスーパーバイク選手権にも参戦する化け物バイクだけのことはある。加速が素晴らしい。

『そんなバカ高いバイク、自腹で弁償しろって言われても知りませんよ！』

無線に州嘉の叱責が飛んできた。

数百万でアナスタシアの命が買えるのなら安いものだと思ったが、そのまま返したところで、冗談など聞きたくないと一刀両断されるのがオチだろう。

室塚が返さないでいると、『ホテル内、検索します』と報告を寄こす。万が一、ホテル内のどこかに隠れている場合を想定して、徹底的に洗うという意味だ。

「任せる」

『了解』

胸騒ぎがするのだ。

取り立てて緊急の危険などないはずなのに、どうにも不安に襲われる。

ホテルから東京の下町方面まで、さほどの距離はないが、車なら、倍の時間がかかるだろう。都内の道路は常に渋滞している。SPは道路事情にも通じていて、迂回路《うかいろ》はすべて頭に入っているけれど、避けられない場合もある。

その点、バイクは機動性が素晴らしい。警視庁には、誘拐事件などの特殊犯罪を担当するＳＩＴ《特殊班》にトカゲと呼ばれるバイク部隊がいて、二輪も配備されているが、ＳＰの通常装備にはない。

渋滞を縫うようにして、都心を駆け抜け、千葉《ちば》方向へ。

東京の東側には、海と川沿いに、古き良き下町の風情が今も残されている。

アナスタシアは、花火の研究をしていたと言った。

だが本当は、母との約束を成就《じょうじゅ》させるために、花火そのものを学びたかったのではないか。自分で、花火をつくりたいと考えていたのではないか。

少年の日、彼が短い期間、日本に滞在して花火を見たのだとしたら、それは間違いなく隅田川の花火だろう。

毎年花火大会が行われるのはどのあたりだったか……。彼が母と過ごした思い出の街はどこだったのか。

なぜもっと、いろいろと話を聞いておかなかったのだろう。

アナスタシアは、大切な思い出を、語ってくれたのに。

――くそ……っ。

胸中でらしくなく毒づいて、さらにスピードを上げる。背後からパトカーのサイレンが聞こえた気がしたが、振り切る気でアクセルを全開にする。L型二気筒、総排気量一二〇〇ccのエンジンが、唸りを上げた。


下町の風景に、野良猫の姿が良く似合う。

ホテルを抜け出したあと、子どものころ母と過ごした下町に自然と足が向いたアナスタシアは、気づけば川沿いを歩いていた。

ブチ猫の尻尾を追いかけていたら、「氷」と書かれた甘味屋の前に出る。

すると、アナスタシアには愛想のなかった猫が、店から出てきた和服姿の妙齢の美人の腕に、自ら抱かれた。

「やっぱりおまえ、牡《オス》だったのか」

美人には弱いんだな……と、女性に抱かれる猫を恨めしげに見やる。

英語もイタリア語も通じないだろうと思っていたのだが、猫を抱いた女性が、「観光旅行ですか？」と英語で声をかけてきた。

「ここの団子は美味しいのよ。食べていかれたら？」

粋な柄の着物を着慣れた女性は、見る人が見れば堅気には見えないのだが、アナスタシアにはそれがわからなかった。

彼の頭を過ったのは、記憶のなかにある、浴衣を着た母の姿。年齢的には、当時の母より上のようだが、やさしげな雰囲気に惹きつけられた。

「英語、お上手《じょうず》ですね」

「旦那の仕事で必要でね。あの人がからっきしだから、私がやるよりないのよ」

言いながら、店先に置かれた長椅子に腰を下ろす。猫は図々しくも、女性の膝で丸くなった。

「この猫、マダムの？」

「いいえ。ここらに住みついてる野良よ。でもみんなで可愛がっているの」

「だから慣れてるんだね。ボクは無視されたよ」

「牡同士だからでしょ。こんなハンサムに対抗心燃やすなんて、この子もずいぶんと自信過剰だね」

女性に喉を撫でられて、ブチ猫は「うなー」とご機嫌な声を上げる。

「お国はどちらなの？」

「イタリアです」

「まぁ、イタリアン美男子ね。モデルさんとか？」

どこかで見たことがあるような気がするけれど……と、女性が思案顔をするのを受けて、アナスタシアはずいっと身を寄せた。

「それって、口説かれてるのかな？」

すると女性は、くすくすっと笑って、「悪い子ね」と取り合わない。

「そうやって女の子口説いてるのね。でもダメよ、こんなオバサンに軽々しくそんなこと言っちゃ」

「どうして？　ボクはマダムのこと、気に入ったけど」

甘い郷愁にかられつつ、そんなことを言うと、女性はますます笑い転げた。

「まだママのおっぱいが恋しいのね、ボウヤ、いくつになったの？」

マザコンね、と言われて、アナスタシアは「ひどいな」と口を尖らせる。

「こんなハンサムな息子なら私も嬉しいけど」

「息子なの？　愛人じゃなくて？」

「ほらやっぱり、本気じゃない。本命の素敵な人がいるんでしょう？　ダメよ、おいたしちゃ」

好きな子は泣かせちゃダメよ、と言われて、「泣きたいのはボクのほうなんだけどね」と苦笑する。

女性は、抱いていた猫をアナスタシアの膝に移した。

「氷、食べましょ」

そう言って、店内に声をかけ、苺《いちご》のかき氷と宇治金時、それから団子を二串オーダーする。「外でいいのかい？」と、威勢のいいオヤジの声が聞こえた。

「ええ、金四郎《きんしろう》がいるから、外でいただくわ」

どうやら、いま膝に乗っている野良猫は、ここらで金四郎と呼ばれているらしい。よく見ると、背中の模様のうちのひとつが桜の花のかたちに似ていて、なるほどだから遠山《とおやま》金四郎——つまりは遠山の金さんなのかと理解した。

「なかなか粋な名前じゃないか」

「うなー」

そこへ女性が団子の皿を手に戻ってきて、その後ろからかき氷ふたつの乗った盆を手にした店主が姿を現す。

「おや、またこんな毛色の違った若いのをはべらせて。オヤジが妬《や》くよ。姐《あね》さんにぞっこんなんだからさ」

店主はふたりの間にかき氷の載った盆を置いて、アナスタシアの顔をまじまじと見た。「俳優さんかい？　こりゃまたハンサムだねぇ」と唸る。

「余計なこと言わないの。たまには綺麗な顔見ながら美味しいもの食べたいじゃないの。鬼瓦《おにがわら》みたいなのと毎朝毎晩を突き合わせててごらんよ。ウンザリするってもんさ」

女性はそんなふうに吐き捨てて、宇治金時の小鉢を取り上げる。アナスタシアには苺のかき氷を渡した。完全に子ども扱いされているようだ。

「そんなこと言って。ラヴラヴなくせに」

「おだまり！」

「へいへい」

女性との会話を楽しんで、オヤジが店内に消える。

「ここらはね、うちのシマなの。みんな気のいい人ばっかりだから、ひとりで観光してても、きっと助けてくれるわ」

「シマ……？」

アナスタシアが思わず聞き返すと、女性は「気にしなくていいわ」と微笑む。そして、宇治金時に乗せられた白玉団子をスプーンで掬った。

アナスタシアがそれに興味を示すと、小豆《あずき》と一緒に口に放り込んでくれる。

「餡子、大丈夫なのね。甘いもの、好き？」

「大判焼きも鯛焼きも気に入ったよ。イタリアにもあればいいのに」

「変わった子ね」

苺味の甘いシロップがかかったかき氷は、幼い日に母と食べた味に似ていた。「ジェラートじゃないの？」と訊くアナスタシアに「かき氷っていうのよ」と教えてくれたのも母だった。

「どこに泊まってるの？」と訊かれて、ホテル名を告げると、「あら、お金持ちのおぼっちゃん？」と目を丸くする。だが、そういう声に値踏みする色はなく、嫌な印象は受けなかった。

「じゃあ、ここらの景色は新鮮に映るんじゃない？」

そう言われて、「懐かしい感じです」と答える。女性は不思議そうにアナスタシアを見た。

「ねぇ、マダム、この住所って、近い？」

アナスタシアが見せたのは、携帯端末に表示させたウェブサイト記載の住所だった。地図を見ればこの近辺のはずなのだが、下町は入り組んでいて、実にわかりにくい。

「あら。花火師になんの用？　工房に行っても、花火は見られないわよ」

ここは手持ちの線香花火などをつくる工房ではなく、打ち上げ花火の工房だと言われて、わかっているると頷く。

「花火の勉強がしたいんだ」

「ボウヤが？」

心底驚いた顔で、女性はまじまじと、かき氷をほおばるアナスタシアの横顔を見た。

「ここのオヤジさんは頑固よ」

大丈夫かしら、と心配げに言う女性に、「だったら紹介して」と頼む。

「甘え上手ね。わかった。本命の彼女、年上ね」

そうでしょう！　と言われて、彼女ではないけれど……と思いつつ、曖昧に返した。

「日本文化を学びにくる外国人は、実は結構多いのよ。でも半端な気持ちなら紹介はできないわ」

本気なの？　と訊かれて、アナスタシアは深く頷く。

「そう……わかったわ」

これも何かの縁だものね、と微笑んで、女性は花火師に紹介すると約束してくれた。

「ありがとう、マダム」

礼の言葉とともに手を握り、頬に軽く口づける。

アナスタシアにしてみれば、あいさつと感謝の気持ちを現したにすぎなかったのだが、街ゆく人々が、思わず…といった様子で足を止めた。

「ホント、悪い子ね」

呆れたように言って、またクスクスと楽しそうに笑う。

「こんなに愉快なのは久しぶりだわ」

そう言って、団子の串を取り上げた。アナスタシアもそれに倣《なら》う。

「どう？　美味しいでしょう？」

おススメよ、と言われて、団子をほおばりながら頷いた。

母が生きていたら、こんな時間を過ごせたのかもしれないと考えて、これでは子ども扱いされてもしかたないと胸中で嗤う。

せっかくホテルを抜け出してきたのだから、室塚に見つかる前に、ここまで来た目的だけでも果たしたい。

団子とかき氷を食べ終えたら案内してもらおう。

そうお願いしようとしたときだった。

ぬっと、ふたりの上に、大きな影が差したのは。

アナスタシアが見上げた先には、鬼瓦のような顔があった。女性が「あんた……」と呟く。

「いい度胸じゃねぇか、兄ちゃん」

ドスの利いた声が、あたりに冷気をもたらす。

胸倉を摑まれ、間近に凄まれた。

「ひとの女房に手ぇ出すたぁ、ふてぇやろうだ。このオトシマエ、どうつけてくれる？」

オトシマエ、という言葉を聞いて、アナスタシアはようやく状況を理解した。日本の任侠映画で聞いた気がする。「シマ」という言葉が、ヤクザの支配地域を現す言葉であることも思い出した。

「指の一本や二本ですむと思うなよ」

鬼瓦が、ニィッと笑う。

室塚が怒るだろうなぁ……と、このときアナスタシアの頭を過ったのは、そんなことだった。


目印にしていた橋が見えてきたところで、無線から州嘉の声が届いた。

『情報提供がありました。両国の甘味屋の前で、和装の女性と合流してください』

ホテル宛に電話がかかってきたのだと言う。

「どういうことだ？」

なぜその女性がアナスタシアのことを知っているのかと問うと、州嘉の口から端的に状況が告げられた。

『Signor Duranが、ヤクザ者に拉致された模様です』

――……っ!?

あまりにも予想外で、言葉もない。

「なんだ、それは！」

思わず怒鳴ると、『落ちついてください』と、部下に諫められてしまう。らしくない自覚はあるので、室塚は素直に詫びた。

『私にも詳しい状況はわかりません。とにかく、その女性と合流してください』

了解と、答える以外になかった。

都内の地図がすべて頭に入っているため、言われた住所には迷わず到着することができた。そういえば、有名な老舗《しにせ》の甘味屋があった気がする。

店から少し離れた場所でバイクを急停車させると、猫を抱いた和装の女性が駆け寄ってくる。

「室塚さん、ですか？」

お電話した者です、と頭を下げる。

「本当に申し訳ありません。うちの人、キレるとなにしでかすかわからないところがあって。でも悪い人じゃないんですよ。ですからどうか――」

「彼は……アナスタシアはどこですか？」

「たぶん倉庫……うちの商品を置いている倉庫があるんです。あとできつく言い聞かせますから、どうか穏便にお願いします」

猫を抱いたまま、深々と腰を折る。

そして、アナスタシアに声をかけてから、花火師を紹介すると約束したところまで、かいつまんで話してくれた。やはりアナスタシアは、花火師の工房を訪ねてここまで来たのだ。

幼い日に、母と過ごした思い出の場所でもある下町に……。

女性の口調を聞いて、室塚には思い当たる情報があった。ここらはたしか、老舗の任侠組織のシマだったはずだ。

「江戸菱《えどびし》組の姐さんですか？」

室塚の問いに答える代わりに、女性は「お手数をおかけします。申し訳ございません」と、今一度深く頭を下げた。

バイクに腰をあずけた恰好で、室塚は空を仰ぎ、ひとつ大きく息をつく。

「……ったく、手のかかるっ」

毒づいて、再びバイクに跨がった。

江戸菱組は、昔気質《かたぎ》な任侠一家だ。暴力団に拉致されたのとはわけが違うが、到着までの間に州嘉が聞き出した情報によると、親分は姐さんを溺愛していて、ちょっかいをかけてくる男には容赦がないという。過去にも数回、喧嘩で所轄署の世話になっていて、理由は毎度、女房にちょっかいをかけた若い男のほうが悪い、というものだったらしい。

誰かれ構わず口説くからこういうことになるのだ。少しはいい薬だと思いながらも、室塚はアクセル全開だった。

殺される心配がなくとも、悠長になどしていられるわけもない。あの綺麗な顔に傷をつけることは、何人だろうとも許さない。

倉庫街へ、最短ルートを辿りながら、室塚は覚悟を決めていた。

助け出したら、ありったけの苦言を呈して、そのあとで、言うべきことがある。

だがそれも、アナスタシアが無事でなければ意味がない。傷ひとつでもつけられていたら、そのときは、自分の負けだ。


後ろ手に縛られて、アナスタシアは埃《ほこり》っぽい倉庫に拘束されていた。

目の前には、チンピラ風の男たち。その背後には、鬼瓦。

これがマフィアなら、女を寝とったほうも寝とられたほうも、不名誉として処分されるところだが、ここは日本で、彼らはヤクザだ。マフィアとは違うが、しかしただで帰してもらえる状況でもなさそうだ。

「人の女に手を出したオトシマエは、てめぇの身体でつけなきゃなぁ、兄ちゃん」

「すみません。そんなつもりではなかったのですが……なんとなく、母の面影を感じて……」

流暢に、とはいかない日本語で、なんとか応対する。室塚もSPの皆も、旅先の旅館でも、みんな英語で対応してくれたから、つい怠けてしまっていた。やはり日本語を使うべきだった。

「てめぇのおっかさんなら、もっと年増だろうが！」

「うちの姐さんを一緒にするんじゃねぇよ！」

先にキレたのは、鬼瓦ではなく、手下と思《おぼ》しきチンピラのほう。手に木材やバットといった得物を持っている者もいれば、素手の者もいる。武器を手にした者は一歩引いているところを見るに、よほどのことがない限り、武器は使わないルールなのかもしれない。なかなか律儀なヤクザだ。

「二度と、ひとさまの女房にちょっかい出せないように、痛めつけてやれ。そのお綺麗な顔に傷のひとつも残れば、女を口説くこともできなくなるだろうよ」

いかにもスジ者っぽい強面《こわもて》は、日本では敬遠されるのだろうが、イタリアではその限りではないのだけれど……と思いつつ、もはや不用意なことは言える状況ではなくなっていた。

まったく腕に覚えがないわけではないが、室塚たちのようにはいかない。しかも自分を囲むチンピラたちは、十人以上いる。

親分の気のすむまで殴られた上で、頼み込んで、花火師を紹介してもらう以外にないだろうと、アナスタシアは腹を括った。

逃げ惑うでもなくおとなしく座り込んでいると、鬼瓦が「おや？」という顔をする。

「兄ちゃん、ずいぶんと肝が据わって――」

そのときだった。

倉庫に衝撃音が響いて、積み上がっていた荷が崩れる。

「うわあっ！」

悲鳴の向こうから、エンジン音を轟《とどろ》かせて、大型のバイクが飛び込んできた。

チンピラたちの中央に突進して、狭い倉庫内で急転回する。大きな車体を床に滑らせるようにしてバイクを乗り捨て、ヘルメットを乱暴に脱ぎ捨てて、室塚は飛びかかってきたひとりを、膝蹴《げ》り一発でのした。

「アナ！　無事か⁉」

アナスタシアの姿を視認して、飛びかかってくるチンピラたちを蹴散らし、室塚はこちらに駆け寄ってきた。

「周佑、どうして……」

なぜここがわかったのかと驚きを浮かべると、そんな話はあとだと、後ろ手の拘束を解こうとする。

そのとき、「てめぇ、ふざけやがって！」と、ありがちな威嚇《いかく》とともに、バットを手にしたチンピラが殴りかかってきた。

アナスタシアの腕の拘束を解いていた室塚は、一瞬反応が遅れた。

「周佑⁉」

アナスタシアを庇って、バットの一撃を背中に受ける。

「……っ」

だが、二発目を受けるほど間抜けではない。ＳＰの身体能力は、並みではないのだ。

「ふざけているのは、貴様らだ！」

ありえない一喝とともに、降り下ろされたバットを片手で摑んで止め、男の腹に拳《こぶし》を捻じ込む。

その隙をつくように殴りかかってきたふたりを、流れるような動きで倒して、まるでなにごともなかったかのようにアナスタシアの拘束を解く作業に戻った。

「周佑、背中……っ」

「この程度、なんでもない」

解けない拘束にいらついたのか、吐き捨てるように言う。

「ちっくしょう！」

チンピラのひとりが、ナイフを抜いた。それを目にした室塚は、「貸せ」と短く言って、手を差し出す。

アナスタシアの拘束を解くのに、ナイフを貸せと言っているのだ。

「な、舐めやがって！」

ナイフを振りかざしたチンピラは、腕を上げた恰好で固まった。室塚が抜き取った拳銃が、チンピラの額を捉えている。

「な……に……」

まさか拳銃を所持しているとは思わなかったのだろう、チンピラたちの輪がじりっと下がった。

室塚の目が完全に据わっている。警察官だとは誰も思わないかもしれないほどに、鬼気迫る空気を発している。

銃口を向けられたチンピラは脂汗をだらだらと流して、握っていたナイフを取り落とす。そして、その場にヘナヘナと腰をついた。

銃をホルスターに戻し、床に落ちたナイフを拾ってアナスタシアの拘束を解いて、埃っぽい床から立たせる。

「痣《あざ》になっているな」

確認するように呟く声は低く、怒りを孕んでいた。

「そのバッジ……」

確認する声は、チンピラの輪の向こうから届いた。鬼瓦……いや、江戸菱組の親分だ。

「まさか、SP……ってことは……」

最近のヤクザはインテリな上、コンピュータの扱いにも長《た》けているから、昔に比べていろいろと情報を持っている。

室塚のスーツの襟元につけられたバッジを見てSPだと気づき、さきほどの拳銃は不法所持品などではなく、SPの標準装備の**SIG SAUER P230 JP**であることに気づいたらしい。

「そうだ。貴様らが拉致したのは、外国要人だ。日本警察に捕まったほうがマシかもしれないぞ。国際問題になるより前に、イタリアの国家警察に消されかねないからな」

室塚はあえて、ありえない脅しをかけた。

任侠の看板を掲げながらも、決して悪人ではない彼らには、この程度の脅しでも充分すぎるお灸《きゅう》になると考えてのことだろう。

「け、警察……」

「うちの組は、ヤクもチャカもやってねぇぞ！」

「最初に姐さんにちょっかい出したのはそいつで……っ」

チンピラの間に動揺が走る。親分は青い顔をしながらも、ぐっと口を引き結んでいた。

脅すだけ脅して、ヤクザ者は放置したまま、室塚はアナスタシアの身体を抱えて、倉庫を出る。

「いいのか？」

彼らは放置なのか？　とアナスタシアが尋ねると、室塚は「かまわん」と短く返してきた。

「マルタイを護るのがSPの仕事だ。犯人逮捕は範疇じゃない」

事件が起きたとき、SPはマルタイの安全を最優先に、その場を離れる。その後、事件の捜査を行うのは、捜査一課や公安だ。

周囲を警察が囲んでいるとでも思ったのか、江戸菱組一同は、追いかけてこなかった。

きっとあのあと、迎えに来た姐さんにこっぴどく叱られて、所轄署に出向くことになるのだろう。

「穏便にって、お願いできるかな」

姐さんもいい人だったと、アナスタシアが頼むと、室塚は「一応打診しておきます」と、ようやくいつもの調子をとり戻した様子で渋々顔で返してきた。

「助けにきてくれて、ありがとう」

「二度と、こんな無茶は勘弁願います。——生きた心地がしませんでした」

ぶっきらぼうに言って、アナスタシアを見ようともしない。怒っているな……と、アナスタシアは胸中で反省を深くした。

州嘉が運転する迎えの車に押し込まれて、ようやくホッと息をつく。

「ひとまず病院に向かいます」

バックミラー越しにチラリと視線を寄こした彼女の目には、含みの多い笑みが浮かんでいた。

5

室塚の背中には派手に痣ができていたものの、骨や内臓に損傷はなく、ひどい打撲と擦過傷だと診断された。アナスタシアは手首の痣を消毒してもらって、それで治療は完了だった。

一晩くらい入院してはどうかとの申し出を断って、州嘉の運転でホテルに戻る。

車中では、ふたりとも無言だった。州嘉も、何も言わなかった。

ホテルに戻ってまず最初にしたことは、各々の部屋でシャワーを浴びて、汗と埃を洗い流すことだった。

リビングに戻ると、ワゴンに軽食とドリンクが用意されていた。州嘉の計らいだろう。

アナスタシアの姿はない。

室塚は、下はスウェット一枚、上半身は裸という、いつもならありえない恰好のまま、アナスタシアの部屋のドアをノックした。

応えはないが、鍵はかかっていないので、遠慮なく開ける。

アナスタシアは、頭からタオルを被り、腰にバスタオルを巻いただけの恰好で、ベッドに腰かけていた。

「そんな恰好では、風邪をひきます」

室内はエアコンがきいているのだからと、手を伸ばし、濡れた金髪を拭いてやる。

「ごめん。迷惑かけて」

さすがに反省している様子で、肩を落として詫びる。室塚が殴られたのが、ショックだったのかもしれない。

「あなたをお護りするのがＳＰの仕事です。迷惑などではありません」

あえてビジネスライクに返すと、アナスタシアは「そっか……」と、自嘲気味に呟く。

「帰ったほうが、よさそうだね」

これ以上日本にはいられないと言う。

「選挙が終わるまで、田舎の別荘に引きこもってることにするよ」

そうすれば、父の迷惑になることもないだろうと、濃い自嘲を孕んだ声が言う。

そうかもしれないが、本当にそれでいいのかと、室塚は憤りを感じた。

「日本で花火職人になりたかったのでは？」

単に、父親の邪魔にならないためだけに日本に来たのではなく、もっとつづけたかったという花火の研究を、実地で勉強する機会が欲しくて来たのではないかと指摘する。アナスタシアは、驚いた顔でエメラルドの視線を向けた。

「あなたはもっと、自由に生きるべきだ」

室塚の言葉を噛みしめるように、金色の睫毛が瞬く。

「欲しいものは欲しいと言えばいい。寂しかったら寂しいと言えばいい。誰に遠慮することもない。思ったとおりに生きればいい」

「ボクは充分にワガママで、自分本位で、誰のことも気遣ったりしていないよ」

だからこうして迷惑をかけているのではないかと返してくる。そのアナスタシアの傍らに片膝をついて、室塚はいまは憂いを受かべた美しい顔を見上げて、そして言った。

「花火師を目指して修業すればいい。応援する」

「周佑？　……？　なに？」

頭に被ぶっていたタオルを剝ぎとって、落ちた肩を押す。アナスタシアは、戸惑い顔のまま、シーツに背中から倒れた。その上に、室塚が乗り上げる。

状況が吞み込めない顔で、緑眼が室塚を見上げた。

「周佑？」

室塚がなにをしようとしているのか、本当にわからないのだろうか。きょとりと見上げる瞳がうらめしくて、室塚はアナスタシアの腰を隠すバスタオルも剝ぎとってしまう。

「え？　ちょ……」

「抵抗しようと思えばできたんだ」

吐き捨てると、アナスタシアの抵抗の手が止まる。

「……周佑？」

「あのとき、本気で抵抗しなかった。その意味を、ずっと考えていた」

「……」

緑眼が数度瞬いて、それから伸ばされる指の長い綺麗な手。頰をそっと撫でて、エメラルドの瞳が近づく。

「そんなこと、言っていいの？」

都合よく受けとるよ、と言われて、室塚は小さく笑った。

「こういうときばかり、殊勝なんだな」

口調がいつもと違うことにようやく気づいた顔で、アナスタシアが金色の睫毛を瞬かせる。そして、

「嬉しい」と微笑んだ。

背に腕がまわされ、抱き寄せられる。思わず呻くと、アナスタシアの手が止まった。

「怪我《けが》は？」

痛むのかと訊かれて、「たいしたことはない」と返す。

「けど……」

「SPの体力を舐めないでください」

この程度は怪我でもなんでもない。だから、抱き合うのになんの支障もない。

それを証明するために、自らアナスタシアの欲望に手を伸ばす。まさか室塚がそんなことをするとは思わなかったのだろう、思わずといった様子でアナスタシアの腰が引けた。

「周佑、無理は……」

「アナスタシア、無理じゃない」

自分がしたいからしているのだと言うと、「やっと名前を呼んでくれた」と、アナスタシアが微笑む。

助けに飛び込んだときも、咄嗟に呼んでいた。自分はずっと、アナスタシアと呼びたかったのだと、改めて気づく。

「アナ……」

唇を寄せると、やはり驚き顔で、室塚が動くのを待っている。ずるいやつだと思いつつ、自ら口づけた。

「……んんっ！」

熱い舌を絡め合って、唾液を交わし、情欲を煽る。室塚の手のなかで、アナスタシア自身は硬く張りつめ、熱く脈打っていた。

口づけを解いて、体勢を入れかえようとするのを制して、室塚は身体をずらす。そして、手のなかで脈打っていた欲望に、唇を寄せた。

「……!? 周佑？」

熱く滾る欲望の先端に舌を這わせ、全体を包み込むように口腔に受け入れる。

「……っ」

頭上から低い呻きが落ちてきて、それが室塚の情欲を煽った。

同性と付き合った経験などないのだから、口淫などはじめての体験だ。だが、アナスタシアの情欲をこの手に握っている恍惚と背徳感と支配欲とが、室塚を炊きつけて、いやらしい行為を止めることがかなわない。

「すごい……周佑、いやらしい顔してる」

揶揄《やゆ》の言葉も、いまは快楽を煽るスパイスにしかならなくて、室塚は夢中でアナスタシア自身をしゃぶった。

「周佑……もっと、いい？」

なにを求められているのか……と、思ったときには、身体を起こしたアナスタシアが、喉の奥まで欲望を捻じ込んできて、後頭部を支えられ、口腔を激しく犯される。

喉の奥を乱暴に刺激され、しかしそれがたまらない快感になる。こんな場所が感じるなんて、これまで知らなかった。

「う……くっ、は……っ」

荒々しい抽挿ののち、「いい？」とまたも確認をとられ、答える間もなく、顔面に熱い飛沫が浴びせられる。

アナスタシアの情欲を放たれたのだと気づいて、ゾクゾクとした悪寒が背を突き抜けた。

「は……ぁっ」

そのままズルズルとシーツにくずおれてしまう。髪を拭いていたタオルで顔を拭われ、口づけられた。

「……んっ、アナ……」

苦しいと訴えると、啄《ついば》むキスに変わる。

「周佑がこんなに積極的だなんて思わなかったよ」

いつもこんな豹変《ひょうへん》するの？　と訊かれて、室塚は苦笑する。

「自分も、男ですから」

やるときはやるつもりだと返すと、アナスタシアのエメラルドの瞳に、不穏な色が宿った。

「頼もしいな。……けど、やっぱり主導権は渡せないよ」

「アナ……っ」

シーツに引き倒されて、スウェットを下着ごと引き下ろされる。そこでは、口淫の最中から滾っていた欲望が、しとどに蜜を滴らせていた。

「すごいね、周佑、もうこんなにドロドロになってる」

「あ……ぁっ！」

先走りに濡れた欲望を口腔に含まれて、室塚は悲鳴を上げた。異性にされるのとはまったく違う口淫は激しい快楽をもたらして、理性を危うくさせる。

「は…ぁッ」

膝を支えられ、太腿を開かれて、局部が露わになった。欲望に奉仕を施しながら、アナスタシアの長い指が後孔を解しはじめる。

「う……んんっ、……い、あ……っ」

強く吸われて、屈強な腰が跳ねる。

後ろを穿つ指は、内部の感じる場所を刺激して、じわじわと室塚を追い込んでいく。

後ろと前を同時に刺激されて、室塚はアナスタシアの綺麗な金髪に指を差し入れ、掻きまわして、身悶《みもだ》えた。

「アナ……ダメ、だ、も……っ」

放せと訴えても聞き入れられず、そのまま射精を促される。

「……っ！」

アナスタシアの口腔に放ったそれを嚥下《えんげ》する生々しい音が、室塚の鼓膜を焼いた。

ぐったりとシーツに身体を投げ出して、放埓《ほうらつ》の余韻に浸る。その肌に、羽根のような愛撫が落ちて、アナスタシアの掌が、室塚の肌の感触をたしかめるかのように、肌を這った。

「すごい筋肉……カッコいいな。強くてカッコいい周佑が、ボクの下で喘《あえ》いでいるなんて、たまらない……」

「アナ……、……んんっ」

内部に含まされて指を蠢かされ、濡れた声が零れる。

指が抜かれて、滾る欲望が与えられるかと思いきや、その場所に濡れた感触が触れた。アナスタシアの舌が、室塚の後孔の入り口を舐め、押し拓く。

「これ、好きだよね」

こうされるのが気に入ったはずだと指摘されて、室塚は羞恥に身を捩る。アナスタシアの舌で受け入れる場所を蕩かされて、それだけで果ててしまいそうだった。

「ダメ…だ、やめ……」

もうやめろと金髪を軽く引っ張る。

「別のものが欲しいんだね」

上からクスリと揶揄を孕んだ笑みが落ちて、結合の体勢に持ち込まれた。

狭間に、アナスタシアの滾った欲望があてがわれる。綺麗な相貌に似合わぬ凶暴さをたたえた欲望が、ズッとその場に埋め込まれた。

「ひ……っ、あ……ぁっ！」

先日とは違い、今日はゆっくりと埋め込まれる。じわじわと侵食してくる熱塊が、痛みと同時に筆舌に尽くしがたい快楽を産む。

腰の奥から湧き上がるそれは、残った理性を押し流し、肉体が欲望に支配されるのを許すに充分な熱さをともなっていた。

「は…ぁっ、アナ……も、い……」

最奥まで埋め込まれた欲望が、やがてゆっくりと抽挿をはじめて、その焦れったさに喘いだ。

「周佑のなか、熱くてやわらかくて、たまらない」

感じる場所を穿ち、最奥を突いて、腰を揺らす。激しく突き入れられる動きとは別物の快感が、室塚の内を満たしていく。

「アナ……アナスタシア、も…っと……っ」

そうではなく、もっと激しいものが欲しいと、本能のままに求める言葉を口にしていた。

途端、ズンッ！　と脳天まで突き抜ける衝撃。

「ひ……っ！」

荒々しい抽挿が襲って、視界ががくがくと揺れる。

最奥を突かれ、感じる場所を抉られて、甘ったるい声があふれた。およそ自分のものとは思えないそれが鼓膜を焼いて、より情欲を煽られる。

「あ……ぁっ、く……っ」

肌と肌のぶつかる艶めかしい音と、繋がった場所から生まれる粘着質ないやらしい音。それらが重なって、瞬く間に頂へと追い上げられる。

「——……っ！」

弾けた白濁が胸まで飛んで、いやらしい情景をつくった。同時に、最奥で熱いものが弾ける。

「……っ」

低い呻きが落ちてきて、瞼を上げると、眉間に皺を寄せたアナスタシアの艶っぽい顔があった。

ドクリ……と、放ったばかりの欲望が反応する。

「周佑？」

どうしたのかと訊かれて、苦笑で返した。

「おまえの綺麗な顔に煽られた」

アナスタシアはきょとりと目を見開いて、それからくくっと喉を鳴らして笑う。

「たまらないな」

舌舐めずりするように言って、繋がった状態のまま、室塚の片足を肩に担ぎ上げた。

身体を斜めにずらしたような恰好での結合は、より深さを増して、室塚に嬌声を上げさせる。ぐいぐいと穿たれて、シーツを掴み、揺さぶりに耐える。

穿つ角度が変わったことで、またも瞬く間に追い上げられて、シーツに情欲を放ってしまった。室塚のなかで、アナスタシアはまだ力を蓄えたままだ。

それが無性に悔しくて、室塚は鍛え上げられた腹筋をつかって身体を起こし、アナスタシアに乗り上げる恰好で押し倒した。

「……っ!? 周佑？」

馬乗りに跨がった恰好で、アナスタシア自身を受け入れる。

「……っ、く……っ」

無理はするなと、今度はアナスタシアも言わなかった。鍛え上げられた肉体が己の上で踊るさまは筆舌に尽くしがたい淫靡《いんび》さで、煽られたアナスタシア自身もドクリと跳ねる。

「は…ぁっ、ひ……っ」

下からズンッと突き上げられて、室塚は逞しい喉をのけぞらせた。しなる身体を後ろ手に支えて、アナスタシアの熱さを味わう。

無意識にも、腰をまわしていた。卑猥な情景に、アナスタシアが喉を鳴らす。

「周佑……周佑……っ」

たまらない……と、掠れた声が紡がれる。室塚も、アナスタシアの熱さを味わい、力強い突き上げに合わせて腰を揺すりながら、絶頂を見た。

「あ……ぁっ、――……っ！」

「……っ」

ガクガクと快楽を貪って、後ろに倒れかかった室塚の肉体を、アナスタシアが慌てて抱きとめる。

その腕の予想外の力強さに、室塚は瞳を瞬いた。

熾火《おきび》のような余韻が全身を満たして、気怠さと満足感にまどろむ。

「温泉がないのが残念だな」

室塚の胸に頬をうずめながら、アナスタシアが呟いた。

抱き合ったあとで、今度こそゆっくりと、一緒に入りたかったと言う。

「また、行けばいい」

今度は、マルタイとSPとしてではなく、恋人同士としてオフの日に出かければいい。そう提案すると、アナスタシアは嬉しそうに微笑んだ。

血統のいい猫か大型犬に懐かれているようなくすぐったさを感じるのは、自分がまだこの関係に慣れないからだろうか。

「連れてってくれるの？」

「どこへでも」

行きたいところがあるのなら、連れていくし、一緒に行く。

その言葉には、熱烈な口づけで返された。

「……んんっ！」

キスに蕩かされ、身体中を這う手の愛撫に煽られて、室塚はシーツの上にぐったりと身体を投げ出した。

「周佑」

呼ばれて顔を上げると、今度は唇で甘ったるいリップ音。

「少し、休ませろ」

「ダメだよ、今日は朝まで寝させない」

ニッコリと恐ろしいことを言いながら、指先で胸の突起をいじり、欲望を弄《もてあそ》んで、首筋を啄む。

「好きだよ。愛してる、周佑」

イタリアではじめて会ったときから惹かれていたのか、それとも護られるうちに惹かれたのか、もはや定かではないけれど、受け入れてもらえて、もう何もかも失ってもいいと思うほどに幸せだったと告白する。

それを受けて室塚も、「愛している」と返した。

「周佑……」

「はじめて見たときから、こんなに綺麗な人間がいるのかと思っていた。おまえに目を奪われる自分に、自覚があった」

それでも、自分はSPだから、マルタイに手を出すなど、言語道断だと思っていた。だから、一夜の過ちにして忘れたほうが互いのためだとも思った。

でも、やはり無理だった。

アナスタシアが拉致されたと訊いた瞬間に、理性が飛んでいた。チンピラごときに拳銃を抜いてしまうほどには、冷静さをなくしていた。

「俺がかならずおまえを護る。だからおまえも、ちゃんと護られろ」

本当に洒落《しゃれ》にならない危険が襲っても、自分がかならず護ってみせる。けれどそのためには、護られる当人の協力が必要だ。

「周佑の言うとおりにするよ」

素直に頷いて、またキスを求めてくる。

求められるままに何度も口づけて、疲れれば眠り、起きては抱き合った。

明け方近く、互いに意識を失うようにしてシーツに沈み、抱き合って眠った。

室塚が目覚めたとき、アナスタシアは室塚の胸に顔をうずめるようにして眠っていた。甘ったるい体勢が心地好い。甘えられるのが嬉しい。

誰も起こしにこないのをいいことに、抱き合った恰好のまま、惰眠を貪った。

寝ボケ眼にも、口づけ合って、互いの存在をたしかめた。

夕方になって起きだして、シャワーを浴びて、バスタブに湯を張り、そこでまた抱き合った。温泉で抱き合ったときほどの情緒はないが、快楽はあのとき以上に深かった。

「一緒に、暮らしてくれる?」

湯のなかで抱き合っていたとき、アナスタシアがポツリと言った。

数々のハードルがあることはわかっていたものの、このとき室塚は「もちろん」と答えていた。言われるまでもなく、自分も当然そのつもりだった。

エピローグ

隅田川沿いに建つリノベーションの物件が、ふたりの新居となった。

アナスタシアは正式に手続きをとって日本に移り住み、かねてからの念願だった、花火職人に弟子入りを果たした。

大学で物理学を専攻していたこともコンピュータに強いことも火薬の知識があることも、すべて大歓迎だと言われ、一方で花火師になるための修業に近道はないと釘《くぎ》もさされたようだが、本人はしごく満足げな顔で、ブランドもののシャツではなく、作業着に袖を通す毎日を選択した。

当初、冗談ではないと猛反対したバッサーニ首相だが、アナスタシアが本気だと知ると、今度は日本政府に圧力をかけ、愛息の身の安全と、ついた虫の身元確認を求めてきた。

その結果、室塚は通常任務につく一方、水面下でアナスタシアのSPも兼ねることになってしまった。

とはいえ、そもそも誰に譲るつもりもない役目だ。堂々とアナスタシアを護れるのなら、それにこしたことはない。

室塚は存外と、利用できるものは利用する性質だった。それでマルタイが護れるのなら、己のプライドや組織の面子《メンツ》などどうでもいいのだ。


夜空に、ひときわ大玉で美しい色味の花火が打ち上がる。凝ったデザインもさることながら、発色の美しさが印象的だった。

その花火が、その年の全国花火競技大会で最優秀賞に輝いた。

日本人以外の花火職人がこの賞をとったのは、はじめてのことだという。

打ち上がった花火を、移動途中、路肩に車を止めて見上げた室塚は、仕事を終えると、まっすぐに帰宅した。

「周佑、おかえり」

先に帰っていたアナスタシアが出迎えてくれる。

「ただいま。それから、おめでとう」

ハグにキスで返して、室塚は以前から温めていた計画を実行に移した。

帰宅途中で買った真っ赤な薔薇《ばら》の花束と、そして以前からオーダーを入れておいた品を手に、アナスタシアの前に立つ。

花火職人として独り立ちを許されたアナスタシアが、一流の職人としてこの世界で生きていくために、今回の受賞はどうしても必要なものだった。

室塚は、絶対にアナスタシアの花火が一番だと信じていたけれど、世のなかには柵《しがらみ》もある。そう簡単にいくわけがないとも思っていた。

けれど、アナスタシアの花火が最優秀に選ばれた。それは、彼の花火がいかに抜きん出て素晴らしかったかの表れだ。

受賞作は、亡母との約束どおり、母が好きだった牡丹の花をモチーフにした作品だった。アナスタシアは、花火業界に彗星《すいせい》のように現れ、そして花火師としての技量を認められたのだ。

アナスタシアが独り立ちできたら、ハッキリさせようと思っていたことがあった。一緒に暮らすようになって数年、ずっと考えていたことだった。

花束は、情熱の証の真っ赤な薔薇。

そしてプレゼントには、プラチナのペアリング。

ふたりの関係を、より明確なものにするための品だ。

あまりにもベタな選択なのは、室塚にそれ以外の知識も情報もなかったから。

「これ……」

「前から用意をしていたんだ」

アナスタシアはエメラルドの瞳を見開いて、そして「かなわないなぁ」と呟く。

「ボクがしなくちゃいけなかったのに。周佑にはしてやられてばかりだ」

早々に出世して、いまでは警護課をあずかる身分だし、スタートの遅かった自分とは比べものにならないと言う。

そうは言うが、室塚にしてみれば、それはまったく逆だった。

一緒に暮らすようになって数年、いつも純粋な愛情を向けてくれるアナスタシアに、室塚ができることといったら、このくらいしか思いつかなかったのだ。

「受けとってくれれば、それでいい」

ほかにはなにもいらない。

互いの指にリングをはめ合って、そしてキス。

そのままベッドに倒れ込むと、エメラルドの瞳が間近に室塚を映していた。

「次は周佑のためにつくるよ」

花火のことだ。母との約束を果たして、次は室塚のために最優秀賞のとれる花火をつくると言う。

「楽しみにしてる」

来年こそは、休みをとろう。現場で、アナスタシアの花火を見るのだ。自分のためだけに打ち上げられる花火を。

可愛い人

隅田川《すみだがわ》沿いに立つ古い日本家屋は、いわゆるリノベーション物件で、古民家風に手の入れられた外観はもちろん内装も新しく、キッチンや水まわりの使い勝手も考え抜かれている。

細い路地に面した縁側と隅田川を望めるベランダと屋上が自慢で、だがアナスタシアがここを気に入った一番の理由は、広い土間があることだった。

さらには、竹穂垣に囲まれた庭と、居間の囲炉裏。室塚《むろづか》いわく、いかにも日本通を気取る外国人向けの物件だとのことだが、アナスタシアは気にしなかった。いやむしろ、自ら進んで、室塚いわくのいかにもな外国人ぶって、不動産売買契約書にサインした。

「やっぱり、儂《わし》の見立ては間違ってなかった。兄ちゃんが気に入るに違いないと思って、まっさきに話を持ってきたんだ」

自信満々に言ったのは、不動産屋を紹介してくれた江戸菱《えどびし》組の親分だった。その隣で姐《あね》さんが、「よく言うわよ」とでも言いたげに、なんとも冷めた視線を親分の横顔に注いでいたのには、いろいろと込みいった事情があったのだろう。

アナスタシア拉致の一件は、拉致された当人のたっての希望と、コトを荒立てたくない当局の意向もあって、結局不起訴となり、かわりに江戸菱組の親分と姐さん夫妻は、下町で暮らすことになったアナスタシアの後ろ盾《だて》となって、あれこれ世話を焼いてくれることとなった。

日本に移住を決めたアナスタシアは、親分の紹介で花火職人に弟子入りし、今は修業の身。だから、いろいろな作業に使える土間のある物件に魅力を感じたのだ。

コンピュータ上の計算と実験に明けくれた大学時代とは対照的に、職人の世界は経験値がものを言う。頭でっかちに出る幕はない。

だが、アナスタシアの花火に向ける情熱を酌《く》み取ってくれた親方は、親分の紹介だったのもあるだろうが、国籍に頓着することなくアナスタシアを受け入れ、持ちうる技術と知識のすべてを伝授しようとしてくれている。アナスタシアもそれに応えるべく、精進を積む日々だ。

長年の憧れだった日本での生活は、概《おおむ》ね順調だったが、問題点を挙げるとすれば、周囲の騒がしさゆえに、室塚がなかなかデレてくれないことだろうか。

日本で暮らすことを決めたアナスタシアの周辺には、首相に再選を果たした父が送り込んできたボディガードが常にうろつき、無駄に気を利かせた日本警察が巡回強化地域に指定したために、警察官のパトロールも頻繁だ。

もちろん、同居人が誰より一番頼りになるボディガードであることは、言うまでもない。

アナスタシアの求めに応じて室塚が同居に頷いたとき、同時もしくは直前に、政府の要望を受けた日本警察が彼に何か言ったのは間違いないが、それを口にする室塚ではない。わかっているから、アナスタシアも訊《き》かない。

クールなのかべったりなのか、よくわからない関係だわねぇ…と言ったのは、裏の事情などなにも知らないはずなのに、出会って早々にふたりの関係を見抜いた姐さんだった。

陽の高いうち、工房で親方について花火づくりの仕事をしたのち、自宅にもどって、今度はパソコン相手に科学的なアプローチを試みる。

スターマインなど、コンピュータ制御で打ち上がる花火のシミュレーションをしたり、色出しのために火薬に混ぜる物質の種類や量を計算したり……机上の空論では意味がないが、今や花火の世界は職人技だけでは通じない時代になっている。

そのあたりを期待して、親方に雇ってもらったのだから、見合う働きはしなくてはならない……と言ったのは室塚で、とうのアナスタシアには、ただひたすら楽しい気持ちしかなかった。

工房で火薬をいじっているのも、パソコンに向かってあれこれシミュレーションしてみるのも、そのシミュレーションのためのソフトを組み上げるのも、すべてが研究の一環であり、遊びの延長であり……興味の対象なのだ。

パソコンに向かって数値を打ち込んであれこれ試しているうちに、あっという間に時間が過ぎる。

ふいに視界が明るくなって、アナスタシアは瞬《まばた》きをした。

そのときになってようやく、とっぷりと陽が暮れた部屋でパソコンに向かっていたことに気づき、同時に同居人の帰宅を知る。

「電気ぐらいつけろ」

振り向くと、眉間《みけん》に皺《しわ》を寄せた室塚が、すぐ後ろに立っていた。

「おかえり、ハニー」

「……ただいま」

アナスタシアが手をのばそうとするのに気づかぬ振りで、室塚はネクタイのノットをゆるめながらダイニングに足を向ける。

いいかげん慣れてほしいなぁと思いながら、アナスタシアはつれない恋人の背を追った。

「おかえり」

冷蔵庫から取り出したペットボトルのキャップをひねろうとしている背中にすり寄って、背後から耳朶《じだ》にキス。

ほぼ同じ高さにある目線を間近に合わせて、じっとねだる視線を向けると、観念したように室塚の腕がアナスタシアの腰にまわされた。そして、唇に軽くキスが返される。

「ただいま」

ぎゅっと抱きつくと、「火薬の匂《にお》いがするな」と、笑いを含んだ呟《つぶや》き。それから「親方に迷惑かけてないか」と、まるで子どもにかけるかのような言葉。

「筋がいいって言われてるよ」

本当か？　と言いたげな黒い瞳には、肩をすくめることで返して、今一度、先よりも濃密な口づけを交わす。

いいかげんにしろと、室塚が背をたたいても素知らぬふりで情熱的に貪《むさぼ》って、体重をのせる。アナスタシアを受け止める恰好で、室塚は背中から畳の上に倒れ込んだ。

「アナ、いいかげんに……」

疲れているんだと、どこのくたびれたサラリーマンかと思うようなことを言って、アナスタシアの肩を押しやろうとする。

「いやだ」

その手をとって口許に運ぶと、室塚の眉間の皺が深まった。そして長嘆。

「着替えくらいさせろ。飯だってまだだろう？」

室塚が視線を向けた先には、ラップされた皿や小鉢の並んだダイニングテーブル。ふたりの夕食だが、アナスタシアがつくったわけではない。

いつの間に？　という表情を読み取って、室塚が「玄関の鍵、開いてたぞ」と、苦言を上乗せする。玄関とはいっても、土間に通じる引き戸のことだ。

ふたりの住まいに上がり込んで夕食のおかずを置いて去った人物は、ちゃんと声をかけたのだろうが、作業に集中していたアナスタシアは気づいていなかった。いや、もしかすると、生返事をした可能性はある。

「まったく、世話になりっぱなしだな」

ふたりのための食事を届けてくれたのは、江戸菱組の若衆だ。家事などいっさいできないアナスタシアと、仕事で帰宅の遅い室塚を心配して、姐さんがさせていることだ。朝、若衆が玄関先の掃き掃除をしていることもある。こちらは親分の命令らしい。

今一度肩を押されて、アナスタシアは今度はおとなしく従った。あまりに言うことをきかないと、室塚は実力行使に出る。

室塚が着替えている間に、ありがたい差し入れを温め直そうとキッチンに入ると、炊飯ジャーの保温ランプが点灯していることに気づいた。どうやら炊きあがったばかりの様子。こちらも江戸菱組の若衆の仕業だろう。

キッチンを使われていることにも気づいていなかったなどと知れたら最後、室塚の雷が落ちる。アナスタシアは、指摘されるまで黙っていることにした。

蓋《ふた》を開けると、真っ白艶々《つやつや》のご飯が炊きあがっていた。

日本のヤクザというのは、本当に義理がたい。閉鎖的なイタリアマフィアとは正反対の面倒見の良さだ。江戸菱組が特別なのかもしれないけれど。

テーブルに揃《そろ》いの茶碗と湯呑《ゆのみ》を並べていると、Tシャツにワークキングパンツというカジュアルな恰好に着替えた室塚が戻ってきて、ガス台の前に立った。

小鍋の蓋をとって、中身が味噌《みそ》汁であることを確認して、沸騰《ふっとう》させないように火にかける。最初のころに、アナスタシアが味噌汁を沸騰させたら、こっぴどく叱《しか》られた。味噌は加熱しすぎると風味が飛んでしまうらしい。以来、アナスタシアは味噌汁の鍋に触らせてもらえない。

焙《ほう》じ茶は淹《い》れられるようになった。緑茶と違って、熱湯を注ぐだけでいいから簡単だ。江戸菱の姐さんが食事を届けてくれるのもあって、この家の食卓には、ほぼ毎日和食が並ぶ。ときどき洋食も混じるが、あくまでも日本の洋食だ。

警護にあたっていたときに、アナスタシアの我《わ》が儘《まま》に応えて、室塚がパスタをつくってくれたことがあった。とても美味《おい》しくて、いつかまた…と思っているのだけれど、こうして生活をともにしはじめると、わかりやすい我が儘はかえって言えなくなってくる。室塚が、毎日どれほど神経をすり減らして警護任務についているか、わかっているからだ。

「今、誰の警護？」

「元某国国務大臣」

室塚は、今は環境問題に取り組み、講演活動などで世界中を巡っている、某大国の何代か前の国務大臣の名前を挙げた。

「大臣時代より、危険っぽいね」

「国が護ってくれないからな」

以前に来日したときも室塚の班が警護にあたっていて、今回は元国務大臣側からの御指名なのだという。

「妬けるなぁ」

室塚の肩に手をかけて顔を寄せると、なにを言ってるんだと手を払われる。

食卓に湯気を立てる料理が並んで、向き合って席についた。「いただきます」と手を合わせて、ありがたくいただく。

「姐さん、料理上手だね」

届けられる料理はどれも、いわゆるお袋の味で、不味《まず》かった試しがない。料理屋でも開けばいいのにと、アナスタシアは姐さんと顔を合わせるたびに言うのだが、その気はないようだ。

「旨《うま》いな」

野菜の含め煮を口に運んで、室塚も頷く。

「なんのシミュレーションをしてたんだ？」

「スターマインのデザイン案。色と形と低差の組み合わせで、特徴を出さないといけない」

親方からの宿題だと説明をすると、職人のカンと経験の世界からどんどん遠ざかっているように感じるのか、室塚は怪訝《けげん》そうに瞳を瞬《またた》いた。

「明後日、オフだよね？」

多忙な警察官といえど、休みはある。無理をしていい結果が得られる職種でもない。

どこか行きたいところでも？　と向かいから問う視線を向けられて、アナスタシアはレセプションパーティの招待状を、テーブルに滑らせた。

「イタリアンレストランなんだけど、付き合いのあるファッションブランドと、同じオーナー会社の経営なんだ」

新規オープンを祝うパーティの招待状をアナスタシアに送ってきたのは、そのブランドのデザイナーで、父とも異母妹とも付き合いのあるブランドだけに、無視はできない。

「頼める？」

「……わかった」

派手な場所は面倒だと思いながらも、アナスタシアをひとりで行かせるわけにもいかないと判断したのだろう、室塚が頷く。

実のところ、警護の問題だけなら、父が本国から勝手に送りつけて来ているボディガードでも充分なのだけれど、アナスタシアは室塚と出かけたかった。

レセプション参加を承諾する条件として、デザイナーにパーティスーツを発注したのだ。二着。

その出来が良くて、当初は室塚が袖《そで》を通してくれるだけでいいと思っていたのだが、やっぱり見せびらかしたくなった。

「スタイリングはボクがするから」

面倒なことはなにもないと言うと、室塚は「任せる」と頷く。

そのあとは黙々と食事を終わらせて、ふたり並んでキッチンに立って片付けをし、交代で風呂を使う。

先にアナスタシアがゆっくりと湯に浸かっている間に、室塚は日課のトレーニングに出る。何キロか走って、ストレッチをし、そのあとで汗を流すのだ。

アナスタシアとしては一緒に風呂に入りたいのだけれど、一緒に入るだけで終わった試しがないから、あるときから休前日以外は却下を食らってしまった。

それほど無茶をさせたつもりはなかったのだけれど、任務中キツかったのかもしれない。そう言われてしまったら、アナスタシアも強要はできない。

そのかわり、夜はひとつのベッドで眠る。室塚のOKが出ない限りはなにもしないと、最初に約束させられているから、抱きしめて眠るだけだ。

警察官の朝は早い。職人の朝も早い。

以前は完全に夜型だったアナスタシアの生活は、日本に居を移してから、すっかり朝型に変わった。よってふたりは、日付の変わるころには布団に入る。

アナスタシアがベッドルームに足を向けたのを確認してから、室塚は家中の戸締りチェックをはじめる。最後に警備会社のセキュリティをONにして、ようやくベッドルームのドアが開く。

室塚が、ヘッドボードの明かりを灯して、明日のスケジュールの確認をしている間に、アナスタシアは彼の腰を抱くような恰好で眠りにつく。

幸せだけれど、どことなくぎこちなさが残っていることにも、アナスタシアは気づいていた。もちろん室塚も気づいているはずで、でもなにも言わない。

そろそろハッキリさせたほうがいいのかなぁ…と、アナスタシアは考えているのだけれど、室塚はどうだろう。

大人のクールな表情の奥に、ときおり見え隠れする、戸惑《とまど》ったような、困惑気な表情が、実のところアナスタシアは愛しくてならなかった。

大人の男が恋愛において臆病さを見せる、それを隠そうとして隠しきれないでいる、そんな姿が可《か》愛《わい》いと言ったら、室塚はどんな顔をするだろう。

大々的にメディアに取り上げられていた記憶はないが、イタリアンレストランのレセプションパーティは、実に華やかなものだった。

アナスタシア以外にも、有名なモデルやタレント、文化人、料理研究家などが招かれていて、立食用に椅子《いす》がかたずけられているものの、店は客であふれている。

壁際にビュッフェスタイルで料理が並び、用意されたワインのラベルには、バッサーニの名が記されていた。招待客リストの上位にアナスタシアの名があることが、わかる光景だ。

日本に居を移して花火師になるための修業をはじめてから、アナスタシアはモデル業などの華やかな仕事からは手を引いてしまった。それでも、彼の持つ商品価値は変わっていないように、室塚の目には映る。

明るい色のパーティスーツに身を包み、シャンパングラスを片手に招待客の間を、まるで蝶《ちょう》のようにすり抜けていく姿は美しく、室塚の目を釘づけにする。

アナスタシアの眼鏡にかなったスーツに袖を通しても、馬子にも衣装程度がせいぜいの自分とは大違いだ。

すると、見知らぬ男性が、イタリア語で声をかけてきた。

「彼は目を惹《ひ》くね」

その視線は、アナスタシアを捉えている。

どう返すべきか考えていると、今度は室塚の頭のてっぺんから爪先までしげしげと見やって、「さすがは彼の見立てだ」と頷いた。

「……？　失礼ですが……」

場合によっては、何者かと尋ねることすら失礼に値する場合がある。世界的に名も顔も知られている存在の場合だ。当人も、まさか話している相手が自分に気づいていないとは思わないから、怒らせてしまう場合がある。

だが、知ったかぶりをするのはもっと失礼だろうと思い、室塚は恐縮しながらも尋ねた。

案の定、中年の紳士は少し驚いた顔をして、しかし怒るでもなく、室塚のスーツの胸元を指先でつつく。

「アナ以外に、私のスーツを着こなせる人間がいるとは思わなかった。しかも日本人だなんてね」

「……!? では、あなたが……」

世界的有名ブランドのデザイナーだと知って、室塚は「失礼しました」と腰を折る。男性は「気にしなくていい」と笑って、手にしたシャンパングラスを呷《あお》った。

「言ったとおりでしょう？」

言葉とともに室塚の背後に歩み寄ってきて、肩に腕をまわすのはアナスタシア。言葉は、デザイナーに向けられている。

「降参だよ。このスーツはプレゼントしよう」

返された言葉に、アナスタシアはさも当然といった顔で「Grazie!《ありがとう》」とグラスを軽く掲げただけだったけれど、室塚はそうはいかなかった。

「……え？」

超のつく有名ブランドを率いる世界的有名デザイナーの手によるオートクチュールがいったいいくらになるのか……六桁ではきかないはずだ。

室塚が思わず顔を強張らせると、「これはきみにしか着られないよ」と、デザイナーがぽんぽんと肩を叩いてくる。

「アナのリクエストで、きみのためにつくったんだからね」

軽く言われて、室塚は卒倒しそうになった。

「あ…りがとう、ございま…す……」

ほかに返しようもなく、肩になつくアナスタシアをそのままに、頭を下げるよりほかない。

「周佑《しゅうすけ》、カッコイイでしょう？」

「ああ。ずいぶんと鍛えているんだねぇ。スーツが映えるよ。きみとふたり並んでいると、ますますいい！」

「そりゃあ、ボクのSPだから」

「SP？　ほほう……」

そんなキャスティングの映画がクランクインしたという話は聞かないけどねぇ……と、ひとしきり茶化して、デザイナーはほかの招待客に呼ばれて踵《きびす》を返した。

「料理、食べた？」

ふたりになって、アナスタシアが壁際に視線を向ける。

「いや……」

「ダメだろうと思ってたけど、意外にいけるよ」

ときどき食べに来てもいいかもしれない、と言う。室塚はアナスタシアの緑眼を間近に見て、「そうか」と呟いた。

室塚の反応を訝ってか、エネラルドの瞳がわずかに眇《すが》められる。

「イタリアン、嫌いじゃなかったよね？」

「……ああ」

もちろん、と返す。見据える緑眼が、また少し眇められた。

「帰ろうか」

「いいのか？　まだ……」

あいさつも終っていないだろうと、気遣う言葉を遮《さえぎ》るように、軽く唇に触れる熱。

招待客であふれるパーティ会場で、いったい何を考えているのかと目を瞠《みは》ると、アナスタシアの端整な唇が、ニンマリと笑みを模《かたど》った。

「誰も見てない。見てても、かまわない」

「アナ……」

帰ろうと、手を引かれて、パーティ会場を抜けだす。

店を出たところで、黒塗りの車が音もなく滑り込んできた。バッサーニ首相が雇っているボディガードが運転する車だ。

予定よりずいぶんと早く家に返りついて、パーティスーツのジャケットを脱ぎ捨てるなり、アナスタシアは予想外のことを言い出した。

「周佑のパスタが食べたい」

「……は？」

「ボク、遠慮しすぎてたかな？」

室塚は、ゆるり……と、目を見開いた。

アナスタシアが、イタリアンレストランの味を誉めたのが、室塚は気に入らなかったのだ。けれど、大人の理性の奥に、そんな感情を下らないと押し込めて、軽い嫉妬《しっと》の感情すら、なかったことにしてしまった。

毎日届けられる食事もそう。

江戸菱組の姐さんに悪いと思うから、ありがたくいただいているけれど、本当は自分がもっとアナスタシアを構いたいと思っている。

仕事が忙しいのも、疲れているのも本当。

だから、構いきれない日もある。それを考えると、江戸菱組の好意を無碍《むげ》にはできない。でも、時間のとれるときには、アナスタシアの全部を自分が構いたい。

そんな感情を、少し前から、室塚は押し殺していた。

アナスタシアは、自然とそれに気づいた。

気づいたけれど、言わないでいた。室塚から、アクションを起こしてほしかったのだ。――室塚の戸惑う表情が愛しくて放置した、というのも若干はあるが、吐露《とろ》する気はない。

自分のほうが室塚を好きで、自分ばっかり欲しくて……と、少し拗《す》ねた気持ちになっていたのもある。だからといって、室塚の気持ちを疑っているわけではない。

気質の違い、民族性の違いを差し引いても、室塚は充分に愛情を表現してくれている。でも、大人の理性を捨てきれないでいる。

そんなところも愛しいけれど、でももっと自分に溺れてくれてもいいのではないか。感情面でも肉体面でも。

「アナ……」

キッチンのシンクに室塚を追い込んで、アナスタシアはじゃれつくキスに興じる。

「ちょ……待て……」

パスタが食べたいと言った癖に、こんなことをしていては、料理などできないと言う。

「やっぱり、あとでいい」

「勝手な……、……んんっ」

深く口づけると、腰に腕が回された。引き寄せられ、布ごしに昂《たかぶ》り同士が擦れ合う。

「ねぇ」

「ん？」

「一緒にお風呂入ろう」

吐息でねだると、しばしの間、それから気恥ずかしげに逸らされる視線。

しょうがないな……と言うように、アナスタシアを肩を押しのけ、ドレスシャツのボタンに手を伸ばしながら、すたすたとバスルームに歩いていく。

もっといじめたい衝動が湧《わ》いて、アナスタシアは室塚を強引にバスルームに連れ込んだ。

「おいっ、スーツ！」

汚れるだろうと言うのを、「気にすることないよ」と取り合わない。

「気にするだろ、こんな一点もの……」

ありえないと目を瞠るのを取り合わず、アナスタシアはシャワーのコックに手を伸ばした。

「……っ！　バ…カ、なにす……」

文句を言い募る唇をキスで塞いで、シャツの合わせを乱暴にはだける。

「またつくってもらえばいいよ」

「そんな……」

簡単に言うなと睨まれて、アナスタシアは露《あら》わにした室塚の胸に掌を這《は》わせた。胸の突起を抓《つね》ると、ビクリと腰が震える。

「しばらくしてなかったよね？　本当は、待ってた？」

ダメだと言われて簡単に引くようなアナスタシアではないと思ったから、牽制したのに、妙に素直に聞き入れられてしまって、本当はものたりなかったのだろうと指摘する。室塚の頬に、カッと朱が差した。

「違……っ、……ん、ふっ」

違わないと、指摘はキスの奥へ。

「もう、遠慮しないから」

唇に直接囁《ささや》いて、胸を嬲《なぶ》りながら、膝を折る。バスルームの壁に背をあずける室塚の前に跪《ひざまず》く恰好で、フロントを寛げ、唇を寄せた。

「は……ぁっ」

口腔《こうこう》に含んだだけで、情欲がドクリと震える。きつく吸うと、頭上から低い呻《うめ》き。その艶《つや》っぽさに煽《あお》られて、アナスタシアは後孔に指を滑らせる。

そこは待ちかねたように戦慄《わなな》いて、アナスタシアを指をすんなりと受け入れた。

「久しぶりなのに、やわらかい」

自分でいじってないよね？　と意地悪く訊くと、室塚が驚いた顔を向ける。それがすぐに羞恥《しゅうち》に染まって、「するわけないだろっ」と掠れた声が落ちてきた。

「じゃあ今度、して見せて」

先端にちゅっと口づけて、腰をあげる。

「な……っ」

目を見開く以上の反応をできないでいる室塚の肉体を壁に向かせ、引きしまった腰を摑《つか》んで、後ろに突きだすようないやらしい体勢をとらせた。

双丘を割り開き、期待に震える場所に、欲望を突きたてる。

「ひ……ぁっ！　あぁ……っ！」

前を探ると、室塚自身は腹筋につくほどに反り返って、甘い蜜を滴らせていた。アナスタシアの穿《うが》つ動きに合わせて、腰が揺れる。

鍛えられた肉体は、荒々しい欲情すら柔軟に受けとめて、淫らな反応を返してくる。

「――……っ！」

互いに抑えが利かなくて、瞬く間に頂《いただき》へ昇りつめ、同時に果てた。

「……くっ」

吐き出した情欲を、室塚の一番深い場所に塗りこめるように腰を蠢《うごめ》かすと、鍛えられた背が余韻に震える。それに引きずられるように内部がきつく締まって、アナスタシアは低い呻きを零《こぼ》した。

「ダメだよ、周佑。食いちぎる気？」

背中に胸を合わせて、耳朶を食みながら囁く。

「バ…カ、な……」

荒い呼吸に胸を喘がせながら、室塚が掠れた声で喘いだ。

結合を解いて、対面でしっとりと抱き合う。

「このままつづける？　それともベッドに行く？」

唇を触れ合わせながら、足りないとねだると、室塚はゆるり……と目を見開いて、それから口許に苦笑を刻んだ。

「そのまえに、腹ごしらえさせろ」

結局、パーティではほとんどなにも食べていないのだと訴えてくる。

「ポモドーロ、好きだろ?」

あの店の味よりも、アナスタシアを満足させられる自信があると、室塚がキスを返してくる。

「周佑の肉じゃがも食べたい」

江戸菱の姐さんのつくるお袋の味もいいけれど、でもやっぱり恋人の味が一番だ。

「パスタに肉じゃが?」

呆《あき》れたように訊き返して、でも「悪くないか」と、ひとりで合点する。

「しっかりエナジーチャージして、朝までたっぷりしよう」

自分が注いだものに汚れた双丘を撫でながら言うと、お返しとばかり、室塚の指がアナスタシアの欲望を絡め取った。

「元気だな」と、宥《なだ》めるように欲望を弄《もてあそ》びながら言われて、「周佑のせいだ」と返す。

「周佑の反応が可愛いから」

もっともっと苛めたくなるし困らせたくなるし甘えたくなる。

のうのうと言って微笑むと、室塚は呆れた様子で長嘆して、「手のかかるやつ」と苦笑した。

そういうのが好きなくせにと、思ったけれど、アナスタシアは口にしなかった。せっかく室塚がその気になっているのに、臍《へそ》を曲げられても困る。

「ご飯の前に、もう一回だけ」

室塚がいじるから、滾《たぎ》った欲望が治まらない。

いいよね？　と甘えると、手のなかのアナスタシア自身がどんな状態なのか、わかっているだけにしょうがないと思ったのだろう、室塚は苦笑とともにキスをくれた。

「一回だけだぞ」

「うん、一回だけ」

守られる保証のない約束が、甘ったるい口づけの奥に溶けて消える。

互いに端から承知なら、約束反故《ほご》も、喧嘩《けんか》の要因になりようもない。

あとがき

こんにちは、妃川螢《ひめかわほたる》です。

拙作をお手にとっていただき、ありがとうございます。

今作は、前作『鎖―ハニートラップ―』の脇に登場していた室塚《むろづか》をメインに据えた、続編でありスピンオフ作品となります。

前作カップルもチラリと登場しますが、本作単品でもお楽しみいただけますので、ご心配なく。

でも、前作と合わせてお読みいただくと、よりいっそう楽しめると思いますので、何卒よろしくお願いします。

最近になって、他社からも可愛い系攻めのお話を出させていただいたのですが、体格はともかく性格的に、受けキャラより可愛い攻めキャラもいいなぁと、新たな世界に足を踏み込んでしまった気持ちでいっぱいです。

というか、今作の場合、受けキャラがオトコマエすぎましたね(苦笑)。

実を言いますと、当初の設定では、受け攻めが逆だったのです。つまりは、おぼっちゃまな綺麗系受けと、朴訥生真面目SP攻め。

でも「逆のほうが絶対に面白い！」という担当様の鶴の一声で、今作のふたりが誕生しました。

前作が王道設定だとしたら、今作はいくらか目新しい印象があるでしょうか？　皆様はどちらがお好みですか？　私は可愛い受けキャラも綺麗系の受けキャラもカッコいい受けキャラも、みんな大好物です♡

でも、今作で一番のお気に入りキャラは、江戸菱《えどびし》一家の姐さんと猫の金四郎《きんしろう》のコンビだったりします。鬼瓦な親分も捨てがたいですが(笑)。

イラストを担当してくださいました、亜樹良《あきら》のりかず先生、お忙しいなか前作にひきつづき、素敵なふたりをありがとうございました。

お忙しいとは思いますが、またご一緒できる機会がありましたら、そのときはどうぞよろしくお願いいたします。

妃川の活動情報に関しては、ブログの案内をご覧ください。

http://himekawa.sblo.jp/

皆様のお声だけが創作の糧です。ご意見ご感想など、お気軽にお聞かせいただけると嬉しいです。

それでは、また。どこかでお会いしましょう。

二〇一三年十一月吉日　妃川螢

LYNX ROMANCE

鎖《くさり》 ―ハニートラップ―

妃川螢 illust. 亜樹良のりかず

898円
(本体価格855円)

警視庁SPとして働く氷上は、ある国賓の警護につくことになる。その相手・レオンハルトは、幼馴染みで学生時代には付き合っていたこともある男だった。しかし彼の将来を考えた末、氷上が別れを告げ二人の関係は終わりを迎える。世界的リゾート開発会社の社長となっていたレオンハルトを二十四時間体制でガードをするため、宿泊先に同宿することになった氷上。そんな中、某国の工作員にレオンハルトが襲われ―？

LYNX ROMANCE

悪《あく》魔《ま》公爵《こうしゃく》と愛玩《あいがん》仔猫《こねこ》

妃川螢 illust. 古澤エノ

898円
(本体価格855円)

ここは、魔族が暮らす悪魔界。上級悪魔に執事として仕えることを生業とする黒猫族の落ちこぼれ・ノエルは、森で肉食大青虫に追いかけられているところを悪魔公爵のクライドに助けられる。そのままひきとられたノエルは執事見習いとして働きはじめるが、魔法も一向に上達せず、クライドの役に立てず失敗ばかり。そんなある日、クライドに連れられて上級貴族の宴に同行することになったノエルだったが…。

LYNX ROMANCE

悪《あく》魔《ま》伯爵《はくしゃく》と黒猫《くろねこ》執事《しつじ》

妃川螢 illust. 古澤エノ

898円
(本体価格855円)

ここは、魔族が暮らす悪魔界。上級悪魔に執事として仕えることを生業とする黒猫族・イヴリンは、今日もご主人さまのお世話に明け暮れています。それは、ご主人さまのアルヴィンが、上級悪魔とは名ばかりの落ちこぼれ貴族で、とってもヘタれているからなのです。そんなある日、上級悪魔のくせに小さなコウモリにしか変身できないアルヴィンが倒れていた蛇蜥蜴族の青年を拾ってきて…。

LYNX ROMANCE

シンデレラの夢《ゆめ》

妃川螢 illust. 麻生海

898円
(本体価格855円)

祖母が他界し、天涯孤独の身となった大学生の桐島玲は亡き祖母の治療費や学費の捻出に四苦八苦していた。そんな折、受験を控えている家庭教師先の一家の旅行に同行して欲しいと頼まれる。高額なバイト代につられてリゾート地の海外に来た玲は、スウェーデン貴族の血を引く製薬会社の社長・カインと出会う。夢が新薬の開発で薬学部に通う玲は、彼の存在を知っていたが、そのことがカインの身辺を探っていると誤解され…。

LYNX ROMANCE
猫《ねこ》と恋《こい》のものがたり。
妃川螢　illust.夏水りつ

898円
（本体価格855円）

素直すぎて、いつも騙されたり手酷くフラれたりと、ロクな恋愛経験がない竝木花永。里親募集のための猫カフェを営んでいる花永の店に、猫を引き取りたいと氏家父子が訪れる。なかなか希望の猫が決まらない父子は、雰囲気を気に入ったこともあり、店に通うようになった。フリーで翻訳の仕事をしている氏家は、離婚し一人で子供を育てていたが、家事が苦手だという。手伝いを花永がかって出たことから二人の距離は縮まっていき…。

LYNX ROMANCE
境涯《きょうがい》の枷《かせ》
妃川螢　illust.実相寺紫子

898円
（本体価格855円）

三代目黒龍会総長・那珂川貴彬の恋人である花邑史世は、大学で小田桐という人物に出会う。最初は不躾な視線を危ぶんだ史世だったが、実は彼が国境無き医師団に所属する医者だったと知る。新たな交流が生まれた矢先、小田桐宛てに事故で亡くなった友人から、黒龍会とも関係があるらしい小包が届く。そして、小包を狙った何者かに小田桐が狙われ…。史世の成長とともに事件が渦巻くＣｏｒｄシリーズ最新刊が登場。

LYNX ROMANCE
連理《れんり》の楔《くさび》
妃川螢　illust.実相寺紫子

898円
（本体価格855円）

三代目黒龍会総長・那珂川貴彬の恋人である花邑史世は、ある日暴漢に追い詰められていた男と子供を偶然見かけ助け出す。しかしその男は、黒龍会と敵対する組織・極統会に所属する久佐加という男と、総裁の孫である悠人だった。久佐加は、極統会から悠人を連れ出し逃げてきたようで、何か理由があると踏んだ史世たちは取りあえず二人を黒龍会の元に留め置くことにするが…。

LYNX ROMANCE
連理《れんり》の緤《きずな》
妃川螢　illust.実相寺紫子

898円
（本体価格855円）

極統会と通じていた警察官が殺害され、参考人として三代目黒龍会総長である那珂川貴彬が警察に拘束されてしまった。貴彬の恋人・花邑史世は、事件にきな臭いものを感じ、裏を探ろうとする。そんな中、黒龍会の主要メンバーが次々と襲われてしまう。仲間との絆を感じはじめていた矢先の出来事に、史世は彼らを守るため、立ち上がるが…。元特殊部隊勤務・宇佐見×敏腕キャリア警察官・藤城の書き下ろし掌編『岐路』も同時収録。

LYNX ROMANCE

盟約《めいやく》の恋鎖《れんさ》

妃川螢 illust. 実相寺紫子

1048円
（本体価格998円）

跡目問題に揺れる九条一家。先代組長の嫡男である周にとって、幼馴染みにして親友、そして部下でもある勇誠は唯一無二の存在だった。周は、全てを捧げ影のように付き従う彼と共に亡き父の跡を継ぐと信じていた。だが勇誠の突然の裏切りにより、罠に堕ちた周は囚われ、監禁されてしまう。態度を豹変させた勇誠に、陵辱されてしまった周は…。書き下ろし掌編他、極道幹部・久頭見×エリート検察官・天瀬の「無言の恋咎」も収録。

LYNX ROMANCE

衝動《しょうどう》

妃川螢 illust. 実相寺紫子

1048円
（本体価格998円）

冷徹な美貌の監察官・浅見はある日、夜の街で精悍な男と出会い、狂おしいほどの衝動にあらがえぬまま肌を重ねてしまう。男の腕の中、すべてを忘れひとときの安らぎを得るが、浅見に残されたのは「来月の同じ日、同じ時間に、同じ部屋で待つ」という約束だけ。以来、浅見は名前しか知らぬその男・剣持と秘密の逢瀬を繰り返すが、実は男の正体は極道で…。正体不明の伊達男・氷見×極道の息子・曄の『恋一途』も収録。

LYNX ROMANCE

愛《あい》され方《かた》と愛《あい》し方《かた》

妃川螢 illust. 実相寺紫子

1048円
（本体価格998円）

有名私立男子校に赴任することになった、美貌の美術教師・逢沢一瑳。入学式前日、理事長室に呼ばれた一瑳は、ワイルドな相貌の理事長・津嘉山誠之に突然キスをされ、押し倒された。軽薄で強引な津嘉山の行為に怒り狂う一瑳だったが、津嘉山はその後も懲りずに口説いてくる。嫌だったはずが、いつしか優しい口づけを拒みきれなくなった一瑳は…。ナンパな刑事・御木本×童顔の熱血教師・充規の『愛されるトキメキ』も同時収録。

LYNX ROMANCE

執事《しつじ》と麗《うるわ》しの君《きみ》

妃川螢 illust. 実相寺紫子

898円
（本体価格855円）

金髪碧眼の美貌をもつ、ブラッドフォード伯爵家の長男・キース。幼い頃からそばにいてくれる執事のウィリアムが、伯爵家の跡取りとなるよう、日々説得してくるのが気にくわない。ウィルと主従関係を結びたいわけではなく、ただ自分を一番に想ってほしいだけなのに…。本心を見せないウィルの態度に苛立ちを募らせる中、キースの20歳の誕生パーティが催される。だがそれはウィルが仕組んだキースの婚約披露パーティで――。

LYNX ROMANCE

カラダからつたわる

妃川螢 illust. 実相寺紫子

1048円
(本体価格998円)

失恋の傷を癒せず、鬱屈を抱えたまま夜遊びを繰り返す美貌の高校生・池上和希。ナンパしてきた男と揉めているところを、成績優秀だが素行不良の後輩・瑞沢嵐に見られてしまう。副会長を務め、優等生で通っていた和希は、それをネタに脅され「可愛い」と囁く嵐に口づけられる。動揺する和希だったが、ある夜、男に襲われたところを偶然助けてくれた嵐に抱かれてしまい…。書き下ろしショートと人気カップルの短編集も収録。

LYNX ROMANCE

厄《やっ》介《かい》な恋《こい》人《びと》

妃川螢 illust. 実相寺紫子

1048円
(本体価格998円)

友人に騙され、借金を背負ってしまった大学生の木庭晁陽。返済のため拘束され、怪しげなビデオを撮られかけたところを冷徹な眼差しの男・高野怜司に救われる。借金取りから匿ってもらうため、高野のマンションに住むことになった晁陽は、得体のしれない男を警戒するが、優しさに触れるうち、心を許し始める。しかし高野が大嫌いなヤクザだと知り…。書き下ろし短編と生徒会長・貴透×高校教師・聖の恋を描いた短編も収録。

LYNX ROMANCE

共《きょう》依《い》存《ぞん》

妃川螢 illust. 実相寺紫子

898円
(本体価格855円)

高三の花邑史世は、ある事件に巻き込まれて記憶を失い、性格が180度変わってしまう。以前とはうってかわり庇護欲をそそる史世の姿に、恋人であり黒龍会三代目総長の那珂川貴彬は喜々として世話をやく。しかし、普段史世が一切表に出さなかったトラウマに気づき、心を痛める。そんなある日、一瞬記憶が戻りかけた史世は事件の真相に気づき、友人に危険を知らせるため家を抜け出すが、黒龍会の敵対組織に捕らえられてしまい…。

LYNX ROMANCE

甘《あま》い口《くち》づけ

妃川螢 illust. 実相寺紫子

998円
(本体価格950円)

メガネの下に清楚な美貌を隠した優等生の篁蘭生は、幼なじみの願いで生徒会長となる。会長の仕事を順調に始めた蘭生だったが、運動部長の安曇野紘輝だけがことあるごとに噛みついてきた。そんなある日、安曇野と揉めた蘭生は、生徒会長室で突然押し倒され、犯されてしまう。しかし、自分を嫌っているはずの安曇野の手は、ことのほか優しくて…。『甘い束縛』を同時収録のうえ、オマケショートつき!

LYNX ROMANCE

愛《あい》人《じん》協《きょう》定《てい》

妃川螢　illust. 実相寺紫子

898円
(本体価格855円)

父を亡くし、叔父に全て奪われた玲瓏な美貌の蘭堂瑠青。家族の想い出の場所であるホテル青蘭だけでも取り戻そうと考えた瑠青は、元総会屋で金融業を営む高蔵庚史郎に借金を申し込んだ。担保は己の身体。瑠青の不遜な態度に呆れながらも、高蔵は資金を提供してくれた。以来、趣味が悪く乱暴な品行の高蔵に瑠青は辟易としながら愛人生活を送っていた。しかし、予想外な彼の優しさを垣間見、瑠青は心を揺れ動かされていくが…。

LYNX ROMANCE

白《はく》衣《い》の矜持《プライド》に跪け

妃川螢　illust. 実相寺紫子

898円
(本体価格855円)

俳優顔負けの容貌で外科医としての腕もいいが、口は悪いと評判の沖和帆。一年前、院長だった父の急逝により跡を継いだが、残された病院の借金を返すため、裏では愛人クラブでホストとして働いていた。愛人クラブでは二度は会わない、キスもしないと決めていた和帆だったが、ある日、愛人として相手をした、投資信託会社のトップ・黒川爵真と病院で再会してしまう。黒川から熱烈に口説かれ、受け入れかけていく和帆だが――。

LYNX ROMANCE

比《ひ》翼《よく》の鳥《とり》 ―コンプリチェ―

妃川螢　illust. 実相寺紫子

898円
(本体価格855円)

青の狂気は冥王の使い。イタリア・シチリア島で起きた凄惨なマフィアの爆破事件によって両親を亡くし、自身も傷を負った少年は、青砥紅という少年と取り違えられたまま生き残る。十三年後、少年は仇討を胸に秘め、紅として青の狂気と呼ばれるマフィアの一員となっていた。血の匂いによって狂気にかられる紅を抱き、抑えることが出来るのは、闇の冥王と懼れられる男・ジークフリートただ一人。だがジークは仇のうちの一人で…。

LYNX ROMANCE

咎《とが》人《びと》のくちづけ

夜光花　illust. 山岸ほくと

898円
(本体価格855円)

魔術師・ローレンの元に暮らしていた見習い魔術師のルイ。彼の遺言で森の奥からサントリムの都にきたルイに与えられた仕事は、セントダイナの第二王子・ハッサンの世話をすることだった。無実の罪で陥れられ亡命したハッサンは、表向きは死んだことにして今ではサントリムの『淵底の森』に匿われていた。物静かなルイは気に入ったハッサンは徐々にルイにうち解けていく。そんな中、セントダイナでは民が暴動を起こしており…。

LYNX ROMANCE

略奪者《りゃくだつしゃ》の純情《じゅんじょう》

バーバラ片桐　illust. 周防佑未

898円
（本体価格855円）

社長秘書を努める井樋響生のもとに、ある日荒賀組の若頭である荒賀侑真が現れた。荒賀とは小学校からの幼なじみで、学生時代には唯一の友人だったが十年振りに再会した彼は、冷徹で傲岸不遜な男に変わっていた。そんな荒賀に会社の悪評を流され、連日マスコミの対応に追われる響生。社長の宮川に恩を感じている響生は、会社の窮地を救おうと奔走するが荒賀に「手を引いてほしければおまえの身体で奉仕しろ」と脅迫されて…。

LYNX ROMANCE

おとなの秘密《ひみつ》

石原ひな子　illust. 北沢きょう

898円
（本体価格855円）

男らしい外見とは裏腹に温厚な性格の恩田は、職場で唯一の男性保育士として日々奮闘していた。そんなある日、恩田は保育園に息子を預けに来た京野と出会う。はじめはクールな雰囲気の京野にどう接していいか分からなかったものの、男手ひとつで慣れない子育てを一生懸命やっている姿に惹かれていく恩田。そして、普段はクールな京野がふとした時に見せる笑顔に我慢が効かなくなった恩田は、思い余って告白してしまって…！

LYNX ROMANCE

暁《あかつき》に堕《お》ちる星《ほし》

和泉桂　illust. 円陣闇丸

898円
（本体価格855円）

清澗寺伯爵家の養子である貴郁は、抑圧され、生の実感が希薄なまま日日を過ごしていた。やがて貴郁は政略結婚し、奔放な妻と形式的な夫婦生活を営むようになる。そんな貴郁の虚しさを慰めるのは、理想的な父親像を体現した厳しくも頼れる義父・宗晃と、優しく包容力のある義兄・篤行だった。だがある夜を境に、二人から肉体を求められるようになってしまう。どちらにも抗えず、義理の父兄と爛れた情交に耽る貴郁は…。

LYNX ROMANCE

追憶《ついおく》の雨《あめ》

きたざわ尋子　illust. 高宮東

898円
（本体価格855円）

ビスクドールのような美しい容姿のレインは、長い寿命と不老の身体を持つバル・ナシュとして覚醒してから、同族の集まる島で静かに暮らしていた。そんなある日、レインのもとに新しく同族となる人物・エルナンの情報が届く。彼は、かつてレインが唯一大切にしていた少年だった。逞しく成長したエルナンは、離れていた分の想いをぶつけるようにレインを求めてきたが、レインは快楽に溺れる自分の性質を恐れていて…。

LYNX ROMANCE

朝霞月子

月神《つきがみ》の愛《め》でる花《はな》～六つ花の咲く都～

illust. 千川夏味

898円
(本体価格855円)

ある日突然、見知らぬ世界・サークィン皇国へ迷い込んでしまった純情な高校生の佐保は、若き皇帝・レグレシティスと出会い、紆余曲折を経て結ばれる。彼の側で皇妃として生きることを選んだ佐保は、絆を深めながら、穏やかで幸せな日々を過ごしていた。季節は巡り、佐保が王都で初めて迎える本格的な冬。雪で白く染まった景色に心躍らせる佐保は街に出るが、そこでとある男に出会い…？

LYNX ROMANCE

朝霞月子

月神《つきがみ》の愛《め》でる花《はな》～澄碧の護り手～

illust. 千川夏味

898円
(本体価格855円)

見知らぬ異世界・サークィン皇国へトリップしてしまった純情な高校生の佐保は、若き皇帝・レグレシティスと出会い、紆余曲折を経て、身も心も結ばれる。皇妃としてレグレシティスと共に生きることを選んだ佐保は、絆を深めながら幸せな日々を過ごしていた。そんなある日、交流のある領主へ挨拶に行くというレグレシティスの公務に付き添い、港湾都市・イオニアへ向かうことに。そこで佐保が出会ったのは…？

LYNX ROMANCE

かわい有美子

天使《てんし》のささやき2

illust. 蓮川愛

898円
(本体価格855円)

警視庁警護課でSPとして勤務する名田は、同じくSPの峯神とめでたく恋人同士となる。二人きりの旅行やデートに誘われ嬉しくも思う名田。しかし、以前からかかわっている事件は未だ解決が見えず、また名田はSPとしての仕事に自分が向いているのかどうか悩んでもいた。そんな中、名田が確保した議員秘書の矢崎が不審な自殺を遂げる。ますますきな臭くなる中、名田たちは引き続き行われる国際会議に厳戒態勢で臨むが…。

LYNX ROMANCE

水壬楓子

クリスタル ガーディアン

illust. 土屋むう

898円
(本体価格855円)

北方五都と呼ばれる地方で、もっとも広大な領土と国力を持つ月都。月都の王族には守護獣がつき、主である王族が死ぬか、契約解除が告げられるまで、その関係は続いていく。しかし、月都の第七皇子・守善には守護獣がつかなかった。だがある日、兄である第一皇子から「将来の国の守りも考え伝説の守護獣である雪豹と契約を結んでこい」と命じられる。さらに豹の守護獣・イリヤを預けられ、一緒に旅をすることになり…。

LYNX ROMANCE

獣《けもの》王《おう》子《じ》と忠《ちゅう》誠《せい》の騎《き》士《し》

宮緒葵　illust. サマミヤアカザ

898円（本体価格855円）

トゥラン王国の騎士・ラファエルは、幼き第一王子・クリスティアンに永遠の忠誠を誓った。しかし六歳になったある日、クリスティアンが忽然と姿を消してしまう。そして十一年後―ラファエルはついに「魔の森」で美しく成長した王子を見つけ出す。国に連れ帰るも魔獣に育てられ言葉も忘れていたクリスティアンは獣のようだった。それでも変わらぬ忠誠を捧げ、献身的に尽くすラファエルにクリスティアンも心を開きはじめ…。

LYNX ROMANCE

千《せん》両《りょう》箱《ばこ》で眠《ねむ》る君《きみ》

バーバラ片桐　illust. 周防佑未

898円（本体価格855円）

幼少のトラウマから、千両箱の中でしか眠ることが出来ない嵯峨。ヤクザまがいの仕事をしている嵯峨は、身分を偽り国有財産を入札するため財務局の説明会に赴いた。そこで職員になっていた同級生・長尾と再会する。しかし身分を偽っていたことがバレ、口封じのため彼を強引に誘惑し、抱かれることに。その後もなし崩し的に長尾と身体の関係を続ける嵯峨だったが、そんな中、長尾が何者かに誘拐され…。

LYNX ROMANCE

ファラウェイ

英田サキ　illust. 円陣闇丸

898円（本体価格855円）

祖母が亡くなり、天涯孤独となってしまった羽根珠樹。病院の清掃員として真面目に働いていた珠樹は、あるとき見舞いに来ていた外国人のユージンに出会う。彼はアメリカのセレブ一族の一員で傲慢な男だったが、後日、車に轢かれて息を引き取った。だが、なぜかユージンはすぐに蘇生した。そして、今までとはまったく別人のようになってしまったユージンは、突然「俺を許すと言ってくれ」と意味不明な言葉で珠樹にせまってきて…。

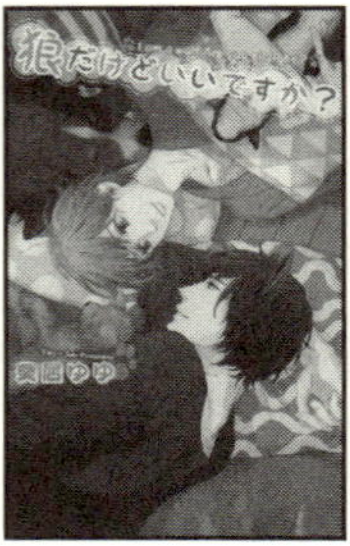

LYNX ROMANCE

狼《おおかみ》だけどいいですか？

葵居ゆゆ　illust. 青井秋

898円（本体価格855円）

人間嫌いの人狼・アルフレッドは、とある町で七匹の犬と一緒に暮らす奈々斗と出会う。親を亡くした奈々斗は、貧しい暮らしにもかかわらず捨て犬を見ると放っておけないお人好しだった。アルフレッドは、奈々斗に誘われしばらくの間一緒に住むことになるが、次第に元気に振る舞う彼が抱える寂しさに気づきはじめる。人間とはいつか別れが来ることを知りながら奈々斗を放っておけない気持ちになったアルフレッドは…。

LYNX ROMANCE LYNX ROMANCE LYNX ROMANCE LYNX

LYNX ROMANCE

お兄《にい》さんの悩《なや》みごと

真先ゆみ illust. 三尾じゅん太

898円
（本体価格855円）

美形作家という華やかな肩書きながら、趣味は弟のお弁当作りという至って平凡な性格の玲音は、親が離婚して以来、唯一の家族となった弟の綺羅を溺愛していた。そんなある日、玲音は弟にアプローチしてきている蜂谷という男の存在を知る。なんとかして蜂谷から弟を守ろうとする玲音だが、その矢先、長年の仕事仲間であった志季に「いい加減弟離れして、俺を見ろ」と告白されて…。

LYNX ROMANCEx

英国貴族《えいこくきぞく》は船上《せんじょう》で愛《あい》に跪《ひざまず》く

高原いちか illust. 高峰顕

898円
（本体価格855円）

名門英国貴族の跡取りであるエイドリアンは、ある陰謀を阻止するために乗り込んだ豪華客船で、偶然かつての恋人・松雪融と再会する。予期せぬ邂逅に戸惑いながらも、あふれる想いを止められず強引に彼を抱いてしまうエイドリアン。だがそれを喜んだのも束の間、エイドリアンのもとに融は仕事のためなら誰とでも寝る枕探偵だという噂が届く。情報を聞き出す目的で、融が自分に近づいてきたとは信じたくないエイドリアンだが…。

LYNX ROMANCE

センセイと秘書《ひしょ》。

深沢梨絵 illust. 香咲

898円
（本体価格855円）

倒れた父のあとを継ぎ、突然議員に立候補する羽目になった直人は、まさかの当選を果たし、超有能と噂の敏腕秘書・木佐貫に教育を受けることになる。けれど世間知らずの直人は、厳しい木佐貫から容赦ないダメ出しをされてばかり…。落ち込む直人を横目に、彼の教育はプライベートにまで及び、ついには「性欲管理も秘書の仕事のうち」と、クールな表情のままの木佐貫に淫らな行為をされてしまい…！

LYNX ROMANCE

薔薇《ばら》の王国《おうこく》

剛しいら illust. 緒笠原くえん

898円
（本体価格855円）

長年の圧政で国が疲弊していく中、貴族のアーネストには、ひた隠す願望があった。それは男性に抱かれ快感を与えられること。ある日、屋敷で新入りの若い庭師・サイラスを一目見た瞬間、うしろ暗い欲求をその身に感じてしまうアーネスト。許されざる願望だと自身を戒めるが、それに気付いたサイラスに強引に身体を奪われる。次第に支配されたいとまで望むようになっていく折、サイラスが国に不信を抱いていることを知るが…。